# 目次

# 序章　十一代征夷大将軍誕生

## 一

徳川家に、全くと言ってよいほど支持を得られなかった将軍が誕生しようとしていた。

後の世に至っても評価は変わらず、やれ種馬《たねうま》将軍だの、浪費家殿様だのと言われるばかり。

私は、この将軍の良さを見つけるのに大変苦労した。

たしかに、武家の棟梁《とうりょう》にしてはだらしない。

しかし、十五代続いた徳川将軍家で、民衆のやることに対する締め付けが最も少なかった将軍でもある。

その将軍の名は十一代将軍、徳川家斉《いえなり》。時に十四歳。

この将軍が天下を治めていた時代、国に税さえ納めてくれれば民衆には自由があった。笑いがあった。

一七八六年八月、養父で十代将軍の家治《いえはる》は重い病の床に伏していた。

まだ幼名の豊千代《とよちよ》と名乗っていた家斉は、実の父である一橋徳川家の治済《はるなり》と老中首座の田沼意次《たぬまおきつぐ》に呼び出された。

「豊千代！　豊千代よ！」

「元父上、いかがなされましたか？」

「元はいらん、元は！　次の将軍はお前じゃ、豊千代。のう、田沼よ」

「そうですとも豊千代君《ぎみ》。治済様と私はぜひとも豊千代君に将軍になっていただきたく、これまで裏工作裏工作の毎日でした。そのために治済様も、可愛い豊千代君を泣く泣く家治様のご養子に」

「黙れ田沼、余計なことは言わんで良いわ。ほれ、豊千代が話を読み取れずに鼻くそをほじっておるではないか。のう、豊千代。次はお前が将軍じゃ！」

「はあ……」

「はあ、ってお前、何とも頼りない返事だのう。事ここに至るまでに、どんなに田沼とわしが苦労を重ね、毎日毎日裏工作を」

「治済殿、話が私と同じになっております。ご覧なされませ、またしても豊千代君が訳わからずに鼻を……」

「ごほっ、ごほっ……とにかく豊千代よ、今日からお前が将軍じゃ。いい加減に鼻をほじるのを止《や》めい！　お前は国で一番偉いのじゃ。日の本はお前のものなのじゃ豊千代！」

「はあ、私のような者に将軍が務まりまするか父上？　他にも松平定信《まつだいらさだのぶ》とか……」

「黙れ豊千代！　あれこれ考えずとも務まるとも、務まるとも。お前は国が乱れぬよう、上座から家臣に命令しておればよいのじゃ。そうすれば家臣どもが勝手に国を動かしてくれる。この田沼のようにな。のう田沼？」

「ははっ」

「ですが父上、斯様《かよう》なことは、やはり定信のほうが」

「この馬鹿者、余計なことを言うなっ」

「ひー。どうか拳骨《げんこつ》はご勘弁ください、父上」

　父親におびえながら、家斉は言い訳する。

「私には人の上に立つ貫禄がございません。それにこの顔を見てください、父上のだらしないお顔にそっくりではございませぬか」

「こやつ！」

治済は拳《こぶし》を振り上げた。

「お待ちくださいませ！」

すかさず意次が割って入る。

「豊千代君。将軍職は辛《つら》いことばかりではございませぬ。美女も才女も、日の本じゅうのおなごが豊千代君の思いのままですぞ」

「美女？　才女？　よくわからぬが、私の好きな鷹狩《たかが》りはできるのかな。どちらかというと、私はおなごよりも鷹のほうが可愛いが……」

「阿呆、鷹狩りなんぞ存分にやればいい。だが、それでは国は良くならぬ。まだ十四のお前では、おなごの良さを知らぬのも当たり前じゃがな」

「では父上、おなごで国が良くなるのですか？」

「当然じゃろう。国のために徳川の子孫を繁栄させるのじゃ。優秀な男子と美しい女子をたくさん儲《もう》けて、将軍家の安泰を図るのじゃ。それが日の本の繁栄につながるのだ」

「では、何人ほど子を作ればよろしいのですか」

「十人でも二十人でも、お前の出来る限りじゃ。されど、子作りばかりに力を入れてはいかん。大奥の女たちに気を配り、悋気《りんき》を起こさせぬようにせねばならぬ。立派な子を産ませるには、おなごの心を常に安らかにさせねばならぬだろう」

「はぁ。何やら面倒臭いような気が……」

「うるさい、次はお前が将軍だといったら将軍だ！　これは父の命令だ！　言うことが聞けぬのなら島流しにいたすぞ、この役立たず!!」

「お、お許しくだされ、父上」

家斉は恐れ入り、深々と頭を下げた。

「御意のままに、心して子作りに励みまする～」

翌年一七八七年、養父徳川家治が病で没した後、家斉十五歳。十一代征夷大将軍が誕生した。

何とも頼りない限りであったが、この話を盛り上げるのも、私の器量が試されるところである。

# 二

あれよあれよと時は流れ、一七九七年。家斉二十五歳。

十五歳だった家斉は、たくましく豪快な青年に成長していた。

背は高く、病気ひとつしなかった。

家斉は、歴代将軍が学んできた柳生新陰流《やぎゅうしんかげりゅう》の剣術修行に毎日熱心に取り組み、弓馬の稽古《けいこ》も欠かさなかった。

大好きな鷹狩りではお付きの者が一人で持ち上げられない、重い鉄砲を片手で軽々と取り回せるほどの腕力があった。

この十一代征夷大将軍に恐いものなど何もなかった。

ただし元父親の治済と正室の近衛《このえ》ただ子を除いては……。

このとき、家斉には既に正室の他に側室が七人いた。

八年前に結婚したただ子より先に、側室たちが我先へと出産したため将軍の正妻でありながらただ子の気は休まらず、顔を合わせれば八つ当たりをされていたが家斉が並々ならぬ努力を重ねた結果、ただ子はようやく懐妊。昨年に五男の敦之助《あつのすけ》を産んだのだった。

取りあえず一安心。

今日も剣術と弓馬の稽古で気持ちのいい汗を流し、中食《ちゅうじき》（昼飯）も済ませたところで敦之助の顔を見に、そして奥方の機嫌でも伺ってくるかと家斉は大奥へと足を運んだ。

「ん？」

何やら大奥が騒がしいではないか。

家斉はただ子の部屋の襖《ふすま》をそっと開ける。

ただ子は敦之助を抱いて、腰元たちに囲まれていた。

さらに、傍らには敦之助をあやす男の姿。

将軍以外で、大奥に出入りできる男は限られている。

そう。笑顔で赤ん坊をあやしていたのは田沼意次や松平定信に代わって幕府を仕切る、老中の松平信明《のぶあきら》であった。

「敦之助君～！　ばあ！」

「ほほほほ、信明は敦之助をあやすのが殿よりも上手じゃの～、ほほほ」

ただ子は楽しそうだった。

腰元たちも家斉の前と違って寛《くつろ》いでおり、信頼を寄せている様子。

信明は家斉より十歳上であり、元々顔立ちも整っている。それに、何よりも女の扱いに慣れている。

歳《とし》を取るにつれて男の風格やニヒルさが滲《にじ》み出て、男盛り真っ只中であった。

将軍の御成りだというのに誰も家斉に気がつかず、ただ子をはじめ腰元たちは信明に取り入っている。

腰元の一人が信明に言った。

「信明様、敦之助君を長いことあやされ、お疲れでありましょう。しばしご休憩なさって、お茶でもお召し上がりください。上様のお好きな白牛酪《はくぎゅうらく》（ヨーグルトと、チーズの間のもの）もたんと拵《こしら》えて御座いますので、召し上がっていってくださいまし。よろしいですよね？　ただ子様」

「ええ、白牛酪など腐るほどあります故、好きなだけ召し上がれ。信明が全て食してしまっても、またすぐに作らせますから。ほほほ」

カチ――――ン
頭に来たとたん、家斉は手にした扇子を床に落とした。

白牛酪は家斉の大好物。作るにも何日もかかる高級品。

それを女どもは、あっさりと信明に……。

扇子を落とした音に、いち早く反応したのは腰元たち。

「う、上様!?」

「何時《いっ》からそちらに！」

ただ子と信明も面食らった様子。

「と、殿……」

「う、上様……」

家斉は恐い顔。

「将軍に気がつかず、いつまでも立たせておくとは言語道断！　お前ら、頭《ず》が高《たか》いー!!」

「ははーっ」

一同は慌てて頭を下げた。

「ど、どうぞお座りくださいませ」

腰元の一人が、上座へ家斉を案内する。

家斉は無言のまま、どかっと腰を下ろし信明を睨《にら》んだ。

すかさず信明は家斉の機嫌を取る。

「本日も弓馬の稽古にお励みになられましたご様子。上様のお腕前には幕閣一同、日頃より感服つかまつっております」

「……だから？」

何とも大人気ない家斉の答え。

信明は引きつった。

ただ子と腰元たちの顔も真っ青。

みんな同じことを考えていた。

やばい。ご機嫌を取らねば。

引きつった顔に無理やり笑みを浮かべ、信明は言った。

「ひ、日頃のご精進があればこそ弓も鉄砲もご上達著しく、先だっての鷹狩りにおかれましても百発百中、まことにお見事であられたと……」

しかし家斉はにこりともせず、

「ふ〜ん、それで？」

「い、いえ。手前はただ、上様を心よりお慕い申し上げておりますればこそ……」

「おい、信明。そんなことを言って、余をだしに大奥に通って腰元たちに手を付けまくり、美味《おい》しい思いをするのが狙いではないのか？」

家斉、何ともいやらしい言い様。すかさず信明は、

「め、滅相もありませぬ！」

「ふむ、では狙いは余の正室、ただ子か……？」

「もっともっと滅相もありませぬ！」

家斉に根も葉もないことを言われ、信明は真っ青。ちらりとただ子に目をやると、ただ子は知らんぷり。しかも敦之助を抱いて、襖の奥に消えてしまった。

腰元たちはと見れば、家斉にお茶の支度をと言わんばかりに、いそいそと我先に部屋を出ていく。

（ず、ずるい）

大奥の女たちは薄情であった。

前の老中首座で政治に関しても大奥に対しても堅物すぎて嫌われていた、松平定信の逆を行って、信明は今日まで家斉に関わる女どものご機嫌を取ってきた。それなのに……何たる仕打ち。

しかしここは覚悟して、自力でこのどうしようもない疑いを何とか晴らすしかあるまい。

家斉はじろじろと信明を見ながら、

「では信明、女目的以外に大奥に通う理由があるのかな?」

「そ、それは、もちろん……」

信明は言葉に詰まった。

さぁ、どうする信明。

何と答える?

「そ、それはもちろん、白牛酪に決まっておるではありませぬか〜　あっはっはっ」

何とも開き直った答え。

「ん⁉　白牛酪?　ふむ。白牛酪がそんなに好きか?」

「はっ。まだ食したことはございませんが、噂《うわさ》では上様の活力の源と聞いております。願わくば手前も頂戴《ちょうだい》いたし、妻に新たな子が授かればと日頃より思っておりました」

「なるほど、そういうことだったか。余はまた、そのほうが老中の立場をいいことに、大奥の女を裏で総なめにするつもりではないかと思うておったぞ。余の眼を盗み、ただ子まで狙《ねろ》うておるのかと……いやー、将軍ともあろう者が失敗、失敗。あっはっはっはっ」

家斉は素直に反省し、ぽんと扇子で頭を叩く。

信明もホッと胸をなで下ろした。

どうやら白牛酪効果で、単純にご機嫌も直ったらしい。

恐るべし白牛酪。

「そうか、白牛酪か！　許せ許せ！　あっはっはっはっ」

「ははははは……」

家斉と信明は、一緒になって大笑い。

「信明。今後とも、これにめげずに老中の務めを果たしてくれよ」

「ははっ。御心のままに誠心誠意、御用に励ませていただきまする！」

がっちりと二人は固く手を握り合った。

「腰元たちよー、戻って参れー」

すっかりご機嫌になった家斉は、逃げた腰元たちを呼び寄せる。

「信明のために、城中の白牛酪を残らず出してやれ」

腰元は不安げに、

「よ、よろしいのですか上様？　上様の分を作るのに、また十日ほどかかるのですよ……」

……

「苦しゅうない。樽《たる》ごと持って参れ！　信明が食うた端から次々によそってやるのだ。さぁ、早う支度をせい！」

「かしこまりました〜」

腰元たちがすっ飛んで行く。

「信明よ。余は公務に戻る故、ゆっくりしていけ」

「ははーっ」

ご機嫌の家斉を見送って、信明は一安心。

それにしても、白牛酪とは何なのか。

想像もつかないが、将軍の大好物ともなれば味も香りも極上に違いない。

「信明様、白牛酪でございます」

腰元が運んできたその代物《しろもの》は、妙な臭《にお》いがした。

「何だこれは？　臭くて白くて、どろどろじゃ……」

「はい。白牛酪とは、牛の乳を腐らせたものにございまする」

腰元の説明に、信明は戸惑った。とにかく臭い。

「こ、こんなものを上様は好んで食しておられるのか？」

「左様にございまする。日々のお通じがよろしくなるとのことで爽快爽快と。最近では、上様のお薦めで敦之助君がお生まれになられてからは、ただ子様も毎朝食しておられまする」

「さ、左様か」

「どうぞ」

日々のお通じ？

信明は訳が分からぬまま、そのどろどろを恐る恐る口に運ぶ。

かくして信明は白牛酪をわんこそばの如く、家斉の言いつけを守る腰元たちに、次から次へ、あれよあれよと息つく暇なく食わされた。

お、おえ～っ
ぐるぐる～、きゅー
「は、腹が痛い……！」

信明の顔がゆがんだ。いい男台無し。

信明は大奥のはばかりで散々もがいた後、十日近くも下痢が続き、とてもとても妻と子作りどころではなかったという。

そしてその後、大奥から信明は自然に足が遠のいた。

## 三

またしても、早々と時は流れ一八〇四年。この時、家斉は三十二歳になっていた。

正室ただ子の他に、側室が十一人。元父親の治済の命令どおりに側室を増やし、子作りにも励んでいた。

が、しかし将軍として、そして、男として、これだけでいいのか……。

家斉は、ふ、とそんなことを考えていた。

征夷大将軍は武家の棟梁。

つまり、日の本最高の武士である。

将軍となったばかりの頃、十五歳の家斉は何も自覚していなかった。

自分の考えで行動できず、治済から命じられたことに素直に従ってきただけであったが、今は違う。

後継ぎも沢山こさえて、城内も立派に仕切っている。

体格も良し。

顔も良し。

おまけに丈夫だ。

もう誰からも命令される覚えはないではないか。

これからは、武家の棟梁と呼ばれるにふさわしい強さと貫禄を身につけて、すべての武士の手本となりたい。

そう思いながら、日々家斉は武芸の修行には真面目に取り組んでいた。

刀に鑓《やり》、弓鉄砲。馬術に水練。

徳川の全軍を率いる総大将として、いつでも手本を示すことができるように技を学び、体を鍛え上げていた。

誰と戦っても、負ける気がしない。

しかし、城内で出来るのは稽古のみ。

剣術師範の柳生家をはじめとする指南役は、みんな明らかに手加減しているので張り合いがない。

馬鹿にするな。これでは、自分の実力が分からないではないか。

思い切り腕を振るってみたいものだ。

いつまでも甘やかされてはたまらぬ。

危機に見舞われたならば警護の者どもの手など借りず、ばったばったと目にものを見せてやろう……。

にやりと家斉は笑みを浮かべた。

なんと、腕を振るう機会は、間もなく訪れた。

歴代将軍の菩提を弔うため、芝の増上寺《ぞうじょうじ》へ参詣に赴いた家斉を、浪人の一団が襲ったのだ。

家斉、待ってましたとの如く。

徳川の天下に不満を抱き、将軍を亡き者にしようとする企《たくら》みは昔から絶えぬものだが、家斉にとっては初めてのことだった。

ともあれ、願ってもない好機と言えよう。

「この金食い将軍め!」

「天誅《てんちゅう》だ。覚悟せい!」

口々にわめきながら、浪人たちは家斉の駕籠《かご》に迫る。

(ふっ、愚か者どもめ。金など硬くて食えないわ……)

不敵に笑い、家斉はざっと駕籠から威勢よく飛び出した。

こんなこともあろうかと、駕籠の中に刀を持ち込んでいたのだ。

が……抜いても使うには及ばなかった。

増上寺の御成門前で襲撃に見舞われた駕籠の周囲は、山ほどの供侍に固められていた。

とりわけ強いのは、将軍の外出先で身辺を警護する小十人組《こじゅうにんぐみ》。

浪人たちをズバリズバリと斬り倒し、家斉にまったく寄せ付けようとしなかった。

これでは、余が腕を振るえぬではないか。

将軍、もはや刀を抜いただけ。

「余にやらせろ！　これ、どかぬかっ」

「危のうございます上様。お下がりくだされ」

叫ぶ家斉を押しとどめ、戦う小十人組は冷静そのもの。

隙《すき》を突いて刀を振るおうとしても、見逃そうとはしなかった。

「余が成敗するぞ！　行くぞ！」

「なりませぬ――っ」

ズバ――ッ
家斉が斬ろうとした浪人が血煙を上げる。

「な、ならば、こやつだ！　どけ――っ」

「上様危ないっ」

バシュッ……

他の浪人に立ち向かおうとしたとたん、またしても邪魔される。

浪人たちは執拗《しつよう》に攻めてくる。

さすがの小十人組も、苦戦を強いられつつあった。

「よーし、今度こそ余がやる！」

満を持して、家斉は刀を振りかぶった。

カキ――ン
家斉、やっと敵と刃を交えた。

「この鼻たれ浪人が！　余を狙うなんて千年早いわ！」

「う、うるせい、この子作り将軍め！」

「無礼者、上様に何を申すかっ」

ザンッ！

駆け付けた小十人組の一人が、怒りの声を上げて浪人をぶった斬る。

「ぐあああああ」

斬られた浪人が、家斉に覆いかぶさって共に倒れる。

「わーっ、どけろどけろ！」

お付きの小姓たちは、家斉の上で息絶えた浪人を手早くどけた。

やむを得ず家斉は刀を納め、小姓の誘導で避難する。

「上様、お早く、どうぞこちらへ！」

「ふん、分かっておる……」

不機嫌に答えながら、家斉は境内《けいだい》の石畳を駆ける。

金食い将軍。

子作り将軍。

背後から、もはや刃を交える音は聞こえてこなかった。

執拗だった浪人たちも、ついに撃退されたらしい。

小十人組が護衛をしている限り、家斉が自ら刀を手にして戦い、実力を発揮するのは難しそうだった。

（浪人どもめ、聞き捨てならん言葉を吐いていたな。腹立たしいが致し方あるまい。次の機会を待つといたすか……）

かくして増上寺で、難を逃れた家斉が二度目の襲撃に見舞われたのは、大好きな鷹狩りに出かけたとき。

獲物を追うのに熱中した家斉は、みんなを追い抜いて馬を走らせた末に、だだっ広い狩場で一人きりになったところを狙われた。

まったくこんなときに。

しかし家斉の腕を試す絶好の機会。

茂みを掻《か》き分けて現れたのは、増上寺で襲ってきた連中の生き残りだった。

「命を貰《もら》うぞ、この色将軍め！」

「今度こそ覚悟せい！」

仲間を討たれた恨みを込め、浪人たちは口々に言った。

と、浪人の一人からは聞きなれない言葉が。

「観念しろ！　このオットセイ！」

オットセイ……？

馬上で刀を構えたまま、家斉はきょとんとした。

何のことだか分からない。

一体こやつら、余をどんなものに例えているのか。

ともあれ、今は戦うことを考えるのみ。

「さぁ、無礼者が！　どこからなりとかかって参れ！」

闘志も十分に構えを取り、家斉は浪人たちに宣言する。

だが、またしても邪魔が入り、腕試しが出来ない。

「わっ――!?」

「ぐえぇっ」

家斉の間近に迫った浪人が二人、悲鳴を上げて倒れる。

手裏剣を浴びせたのは忍び姿の男たち。狩場に身を潜め、陰で家斉の護衛をしていた御庭番《おにわばん》だった。

「ううっ」

「お、おのれ……」

速攻で見舞われた手裏剣を弾《はじ》き返すことも出来ぬまま、浪人たちはバタバタと倒れ伏していく。

城中の鍛えぬかれた忍びが参上しては、家斉が刀を振るうまでもない。

御庭番衆は、小十人組にも劣らぬ腕利き揃いであった。

御庭番の一隊を率いていたのは、城中でもしばしば見かける小太りの忍びの男。

丸顔に赤い団子っ鼻。

この忍びの名は怒浦右衛門《どうらうえもん》、四十歳。

ふだんは江戸城の庭で掃除や植木の手入れを役目としている、御庭番頭である。

「ご無事でありましたか、上様」

「右衛門か……苦しゅうない。助かったぞ」

ひざまずいた右衛門に馬上から一声告げると、家斉は駆け出す。

「余は先に帰る。ヤーッ！」

今は愛馬を疾駆させることしか、憂さを晴らす術《すべ》を知らない家斉だった。

それにしても気になるのは、浪人たちが叩いた悪口。

オットセイとは何なのか気にかかる。子作り将軍、金食い将軍、色将軍とも言っていた。

家斉は、意味もなく浪費をしているつもりなどまったくない。

大奥に贅沢《ぜいたく》をさせるのも、幕府を支える役人に報奨の金を与えているのも労に報い、前向きに生きて欲しいと思えばこそ。どこにも無駄はないはずだ。

側室を幾人も抱え、子作りに励んできたのも、徳川の家を盛り上げるためである。

色を好んでのこととは断じて違う。

なぜ、こんなひどい誤解をされてしまうのか。

そう思いながらも家斉は御庭番頭の怒浦右衛門に命じ、江戸の民の声を集めさせた。浪人たちの襲撃と悪口がひとりよがりではなく、家斉の政治に落ち度があってのことなのかを確かめるためだった。

民衆の評判も気になるが、しかし……オットセイ。

一体、何のことなのか。

早速、怒浦右衛門が報告に来た。

ふだんから無駄口は叩かぬ男だが、今日はいつにも増して口が重い。

「とりあえず、上様のご評判とあだ名を……」

「右衛門。オットセイとは何だ、はっきり申せ」

「はい。まずはあだ名の……オットセイとは……オットセイとは、海の珍獣のことにございまする」

「オットセイは余のあだ名？　海の珍獣？　また何故に、そんなものが余と重なるのだ？」

「……畏れながら、上様が子だくさんにございますれば……。とにかく次から次へと交尾する精力絶倫の獣でございます。それにオットセイの睾丸は精力増強の妙薬として、密《ひそ》かに売り買いされてもおりまする故……」

カチ——ン
家斉はショックで扇子を落としてしまった。

「も、もう良い。わかった。して、民の声はどうなのだ？　余の評判は！」

「……さらに畏れながら、申し上げまする」

前置きをした上で、右衛門が続けて報告したのは厳しい現実。

浪人たちの言葉は、民衆の声を代弁するものだった。

がっくり。

なんと金食い将軍色将軍、極めつけは精力絶倫オットセイ。

まるっきり馬鹿。

それが世間の評価なのだ。

「右衛門、よう調べた。大儀であった。しかし、こんな噂は城内で他言無用じゃ。余とお前の秘密じゃ。下がってよい」

「はっ」

右衛門を下がらせた後、家斉はしばし落ち込んだ。

「あーあ……。は——……」

だが、このままではいけない。

徳川家に汚点を残してなるものか。

十一代征夷大将軍として、何とか名誉を挽回したい。

家斉の決意は揺るぎない。

町に出て、名誉挽回だ……。

四

その夜、家斉は右衛門を呼んだ。

揺るぎない決意を肴《さかな》に、酒を呷《あお》りながら。

「怒浦右衛門！　右衛門はいるか!!」

「はっ。ここにおりまする、上様」

「余は内緒で町に出るぞ」

「は？　町に出るとはどういうことでございまするか？」

「決まっておるじゃろう。余の名誉挽回劇の始まりじゃ。お前が供をせい」

「上様お酒が過ぎましたな、何を馬鹿なことを……」

カチ――ン
右衛門の馬鹿という言葉に家斉は反応し、杯が手から落ちた。

右衛門は面食らった。

しかし、家斉の顔は真剣そのもの。

「馬鹿？　将軍に向かってお前まで馬鹿とはなんだ！　この無礼者め！」

「も、申し訳ございません上様！　しかしそんなことが城中にばれたら、私は打ち首どころでは済みません！」

「余が頼んでそうするのに、なんで打ち首に？　誰がそんなことをする？」

「いや、でも、見つかったらえらいことになりますぞ！」

「では、お前は余が民から馬鹿だ色だと思われていてもいいんじゃな？」

「そ、そうではございません。そんなことが見つかったら、城中も町も大騒ぎになりまする！」

「だったら見つからぬよう、お前がしっかり手配せい！　供はお前だ、右衛門！　これは命令だ！　うだうだ言うなら叩き斬るぞ！」

「いや、しかし……」

だんっ

威勢よく家斉は立ち上がる。

「いざ出陣じゃ！　余の名誉挽回劇の始まりじゃ！　供をせい、怒浦右衛門！　その名誉挽回の暁《あかつき》には、お前はただの忍びではないぞ！　怒浦右衛門の守《かみ》じゃ、格上げじゃ！　わかったか――！」

そこに立つ男の姿は、オットセイ将軍ではなかった。

眩《まぶ》しすぎる日の本最高の武士、十一代征夷大将軍、徳川家斉であった。

「はは――っ！」

右衛門は深々と頭を下げた。

# 第一章　葛飾北斎

## 一

かくして警備が甘い夜明け前、家斉は江戸の町へ向かった。

もちろん、道案内をしたのは怒浦右衛門。

家斉を乗せて船を漕《こ》ぎ、堀伝いに江戸城から抜け出したのだ。

ギギ……ギギィー……

季節は一月末。寒さが二人の体に沁《し》みる。

右衛門が家斉のために調達したのは猪牙船《ちょきぶね》と呼ばれる、小型の快速船。舳先《へさき》が鋭く速さが出るため、余計に冷える。

「右衛門、寒いぞ！　寒い！」

「しぃ！　お静かに上様。番人どもに聞こえたら城に引き戻されますぞ！」

御庭番は侵入者を阻むため、江戸城を密かに守る立場。まして右衛門は配下を束ねる頭であり、警備の状況を把握している。家斉を表に連れ出すぐらいは容易《たやす》いことだ。

とはいえ、上様を城の外に連れ出したなどと知られたら……。

漕ぐ右衛門は真剣そのもの。櫓《ろ》を持つ手にべっとりと脂汗をかいていた。

「右衛門よ、恐い顔じゃのう。小便をこらえておるのか？　余が代わってやってもよいぞ。どれ」

家斉は腰を上げかけた。そのとたん、ぐらりと体が揺れる。

「う、上様、動いてはなりませぬ！」

ドボン
……声を出さず、川に一人で落ちた。見つかってはいけないという、自覚はあるようだ。黙ったまま漂う家斉を、右衛門は手を差し伸べて引き揚げた。

「へ、へくしょん」

家斉はくしゃみも控えめ。

「上様、ついでにこれにお着替えください」

右衛門は家斉に着せる羽織袴《はかま》と大小の刀を、あらかじめ船に積んでいた。

もう落ちまいと震えながら、家斉は座ったまま着替えを済ませた。

「みすぼらしいのう……。洒落《しゃれ》てもいないし、余の色男ぶりが町人たちに披露できないのう……」

「色男ぶり？……船を城にお戻しいたしますか、上様」

「冗談だ右衛門。冗談に決まっておる。余は大奥の女どもで色事はこりごりしておる。町娘などにも全く期待しておらんし、興味もない」

「ふん、どうですかね……」

右衛門は一抹の不安も感じていた。しかし今はこの将軍、家斉の思いを信じるしかない。そう自分に言い聞かせ、船を漕ぎ続けた。

ギギ……ギギギ……

江戸城の外堀とつながる道三《どうさん》堀から、日本橋川に抜けた。

町をブラブラ歩いていてもおかしくない、無職の貧乏浪人と周囲に思い込ませるための仮装として用意した、質素な姿の家斉を乗せ、右衛門は十一代将軍の名誉挽回劇に期待するしかなかった。

ギギィー……ギギギー
ギィー……ギギギィー

夜更かしなどほとんどしたことのない家斉は、居眠りをし始めた。

「ふう……ここを越えたら両国橋だ。番人からも遠のいたぞ」

こっくりしている家斉をよそに、右衛門はひたすら船を漕ぐ。

隅田川に入った。

もうすぐ夜明けだった。

二

ギギギギィーッ、ギ――――ッ
両国橋を潜《くぐ》ってすぐの河岸に着いた。

居眠りをしている家斉を、右衛門はゆすり起こした。

「上様、町に着きましたぞ」

「ん？　揺らすな！　また落ちる！」

寝ぼける家斉。

「船は止まっておりまする。おみ足に気を付けてお降りくださいませ」

「へ、へくしょん」

家斉、また控えめなくしゃみ。

「上様、もう御庭番もおりませぬ。これにて城内から無事に抜け出しました」

「そうか右衛門！　大儀であったぞ！」

「しーっ、油断は禁物にございます。町人どもから不審に思われぬよう、声高にお話しになられるのはお控えくださいませ」

「………」

家斉は黙って船から降りた。

「右衛門、ここは何処《どこ》だ」

「は、両国橋を潜ってすぐの河岸でございます。新大橋まで行ってしまいますと、たしか……戸田様や小笠原様などの武家屋敷が並んでおります故、見つかってしまうと思い、手前で船を止めました。ここは日本橋北でございます」

「そうか」

羽織と袴、そして大小の刀も外見が地味なものを選んだので、まるっきり貧乏浪人そのもの。界隈《かいわい》の武家屋敷の番人に見つかったところで、誰も十一代征夷大将軍、徳川家斉だとは思うまい。

「ぶるるっ……ううむ、冷えるのう……しかも腹も減ってきた……」

家斉はぼやく。まだ辺りは暗いので人目には付かないが、この寒さは何とも耐えがたい。

右衛門は杭に船を縛り付け、家斉が乱雑に脱いだ着物を畳む。質屋で家斉の着衣を銭に換え、これから町中で行動する元手にすることは右衛門からあらかじめ提案され、当の家斉も了承していた。

「右衛門、腹が減ったぞ」

「しばしお待ちくださいませ上様。質屋にてお召し物を銭に換えねば、何も出来ませぬ」

「その質屋はいつ開くのだ？」

「もうそろそろでございます」

「それまで何をしておったら良いのだ？　ん？　あれは何者じゃ右衛門」

すぐ先を行く、籠を担いだ男に家斉は興味を示した。

「ああ、あの者は蜆《しじみ》売りでございます。早朝に蜆を採り、これから町へ売りに出るところでございましょう」

「蜆か、さぞ手が冷たかろうに……あのような者たちのおかげで、江戸は成り立っておるのだな。余は、まことに感謝いたすぞ」

家斉は蜆売りの男を眩しげに見つめ、しみじみと感心していた。そんな家斉を見て右衛門は、わずかな安心を……と、思った矢先。

「お―――い！　そこの蜆の男よ！　こっちへ来い！　遠慮はいらぬぞ！」

家斉は大きく手を振り、蜆売りの男に向かって大声で叫んだ。

「う、上様！」

右衛門は大焦り。家斉の言葉がけに、蜆売りの男は不機嫌そうに答えた。

「は？　蜆の男とはなんでい！　朝っぱらから人を妖怪みたいに言うない！　用があるんなら、お前らがこっちに来い！」

小柄だが威勢がいい蜆売りの名は又吉《またきち》、二十九歳。

「怒るな怒るな。余はそちに感謝しておるのじゃ。そう照れずに近う寄れ！」

「上様！」

右衛門は焦るばかり。家斉は将軍のつもりで声をかけているものの、相手の蜆売りから見れば粗末な着物姿で、朝っぱらから河岸で何をしているのか分からない、怪しい浪人二人組でしかない。

又吉はムッとしていた。

「近う寄れとは、ずいぶん偉そうな野郎だな！　おい、何かい？　こっちからおめぇのそばまで行ったら、うんと蜆を買ってくれるというのかい？」

「わっはははは！　怒るでない！　余は朝早くから一生懸命に働いておるそちに感心しておるだけだ」

「何をぬかしてやがるんだい！　こっちはな、おめぇらみてぇに暇じゃねぇんだ！　感心なんかされたって、一文の得にもなりゃしねーや！　失《う》せろ失せろぃ！」

　又吉は言うだけ言うと、くるりと背中を向けて去ろうとした。

　止《よ》せばいいのに、家斉は引き留めた。

「待て待て、蜆の男よ！　買ってやってもよいぞ！」

「上様！　まだお着物を銭に換えておりませぬ！」

　右衛門はまた焦る。

　立ち止まった又吉は、更に気分を害していた。

「ふん、そんな汚ねぇ態《なり》をして蜆を買ってやるだと？　いいから失せろってんだ、サンピン！」

　恐る恐る、右衛門は家斉を見た。

　生まれて初めてサンピンなどと言われ、そろそろ怒りだすのではないだろうか――

　しかし家斉は笑っていた。

サンピンの意味が分からないからであろう。

そして自分から、てくてくと又吉に近寄っていった。

右衛門はすかさず、家斉の後を追う。

「そち、名をなんと申す？　その二籠の蜆を全部買ってやってもよいぞ。後で城の者にでも小判を持たせ……」

「はあ？　おめぇ頭がおかしいのかい？　さっきから聞いてりゃ、どっかの大名みてぇな喋《しゃべ》り方しやがって」

「なんと？　余は大名風情などではないぞ、蜆の男よ」

「全部買ってやるだの、城の者だのと間抜けな顔していい加減にしな！　とっとと頭の患いを医者に診せろ、馬鹿野郎！」

余りの物言いに、右衛門はいつもの癖でいきり立った。

「この、無礼者！　上様に向かって何たる侮辱」

言われたとたん、又吉はきょとんとして、

「何？　上様？　どこに？」

目の前にいる、このとんちんかんな男が上様だとは思ってもいない。又吉は辺りをきょろきょろ見回していた。

今度は家斉が焦り、右衛門の足をぎゅっと踏む。

「あ痛っ！」

右衛門の顔は真っ赤。

「いやいや、右衛門よ何を言っておるのだ？　悪かったな蜆の男。商いの邪魔をして悪かった。早う去れ」

家斉の言葉で、右衛門は我に返った。ばれてはすべてがお終いなのだ。

幸いにも、又吉は何も気付いていなかった。

「何遍も蜆男呼ばわりされりゃ不愉快だ。こっちにはちゃんとした名前があるんだい！　俺ぁ蜆売りの又吉よ、覚えておくんだなサンピン。この浜町界隈の蜆はな、この又吉様が仕切ってるってわけよ。分かったかい？　そこの赤っぱなの右衛門さんもよぉ」

赤っぱなとは腹が立つが、黙ってうなずくしかなかった。

そんなことなど気にせず、家斉は嬉しそうに言った。

「そうかそうか、又吉と申すのか。覚えておくぞ！　これからもこの辺りの蜆をよろしく頼む！」

「ふん。覚えてくれなくても結構だ。さあ、今度はおめぇの名を聞かせな……まさか、ここんとこ流行《はや》りの河岸荒らしじゃねーだろうな？」

しかし家斉、江戸の町での呼び名を用意していない。とにかく江戸城を無事に抜けることしか考えておらず、用意周到な右衛門も、そこまで準備できてはいなかった。まさか家斉の家をとって家吉とも言えず、右衛門も困った限り。

するると家斉、あっけらかんと、

「又吉よ。余の名前などどうでもよかろう。さあ、あっちへ行け」

「近う寄れの次はあっちへ行けとは、おめぇ本当にわがままな奴だな！」

又吉は怒った。

「……はは一ん……。名乗れねぇってことは、やっぱり、おめーらは怪しい者《もん》だな。ここらじゃ見かけねぇ間抜け面《づら》だし、知り合いの岡っ引きに突き出してやろうかな？」

岡っ引きになど突き出されたら、それこそ大変。

身分を明かさざるを得なければ、大変な騒ぎになる。ならばと右衛門は変え名を考え始めたが、家斉は勝手に話を進めようとしていた。

「そうか……岡っ引きはまずいな。では仕方がなかろう。よいか又吉、内緒にしておけよ。余の名は徳川……」

「わ――――――――――――――――――――っ！」

右衛門はありったけの大声を上げた。

その声に又吉はびっくり仰天。

「こ、この赤っぱな！　急に大声を出すんじゃねーや！　びっくりして、大事な蜆をまき散らすとこだったぜ！　あー驚いた……」

「すまぬ……」

右衛門はすぐさま謝る。しかし、又吉は容赦なく突っ込みを入れてきた。

「おう、そっちの間抜け面の名前は、徳川の何だって？」

家斉も困った。右衛門が叫んだということは、やはり名乗ってはいけないのだろう。かくなる上は、右衛門に良い呼び名を付けてもらうしかない。

何だかんだと言っても頼りになる右衛門のこと、せめて彦左衛門くらいの名は考えつくであろうと、家斉は安心していた。

期待に違《たが》わず、右衛門は真面目な顔で考えている。

又吉はじりっと詰め寄った。

「さあ、名乗ってもらおうか！」

「………」

「さあ！　徳川の何さんだって？」

答えぬ右衛門に、又吉は更に詰め寄る。

とうとう右衛門、苦しまぎれにひらめいた。

「拙者の横にいる……この間抜け面は……この間抜け面の男は……」

「だから誰なんだよ、え？」

「江戸城におわす徳川家斉公の……庭の御池の……そう、鯉に餌をやる役目をしていた者だ！」

鯉の餌付け役？

カチ――ン
しかし家斉、いつものように落とす扇子がない。

右衛門まで余のことを、しかも二度も間抜け面呼ばわりしおって！

家斉は不愉快な限りだったが、事情も事情。ここは黙ってうなずきながら聞いているしかなかった。

「へえ……　殿様の池の鯉に餌をやる役目とは、てぇしたもんじゃねーか」

又吉は少しだけ感心した。このうさん臭い二人組、どうやら河岸荒らしではないようだ。

「ふん、素性はわかったよ。殿様に仕えて鯉に餌をやっていたわりには、なんとも鼻の下が伸びていて、だらしのねぇ顔だがな……それで肝心の名前は何て言うんだい？」

又吉め、重ね重ね失礼な奴。天下の将軍その人とは知らぬまでも、ここまでけなすとは無礼にも程がある。家斉が不機嫌になっているのを右衛門は察していたが、ここは話の成り行き上、名前もでっち上げるしかない。

「左様。この者は……産まれた時から鼻の下が伸びていたので……親にのび吉と名付けられたそうだ」

おのれ、右衛門……言うに事欠いて、のび吉。

カチ――ン

「右衛門よ……余の名をのび吉とは……何たる侮辱！」

ぶつぶつ言って、家斉はもう一度、右衛門の足を踏んだ。

「あ痛っ！」

しかし右衛門は、痛みに耐えた。とりあえず、又吉をごまかすことはできたからだ。

「へえ、のび吉とはいい名前だ！　おめぇさんの顔そのまんまで覚えやすいや！　おい、のび吉！　おめぇさんのその大名言葉は殿様の真似かい？」

「こら、余の顔そのまんまで覚えやすいだと？　この蜆売り……言わせておけば……」

家斉はじりじりと爆発寸前。

すかさず右衛門は割って入る。

「この者は不注意で足を滑らせ、池にはまって溺《おぼ》れかけたのを助けられたが、それ以来、頭がてんでおかしくなってしまったのだ。それで先ほどから、自分のことを上様と勘違いして、余などと言っておる始末。拙者はこののび吉の面倒を見るのに、大変苦労しておる」

「うっ……」

家斉、今度は右衛門の尻をぎゅっとつねった。

こらえる右衛門。今は、この場を切り抜けることだけ考えていた。

「……そうかい。それは可哀相だったな。それじゃ仕方ねぇや。もう馬鹿にしねぇよ、のび吉」

大笑いするかと思いきや、意外にも蜆売りの又吉は口は悪いが人情家であるようだ。

「するってぇと、右衛門はのび吉の世話役かい？」

「さ、左様」

「そうかい、そりゃご苦労なこった。せいぜい世話してやってくれ。この様子じゃ、のび吉は鯉の餌やりの役目からも降ろされちまったんだろ？　それじゃ身なりもよくねぇわけだ。お役御免にされたんで、ぶらぶらしてるしかないんだろう……どうだい、これも縁だ。蜆を少し分けてやろうか」

右衛門の話に同情した又吉、持っていた椀に一杯だけ蜆をすくう。

家斉は面食らいつつ、手のひらを拡《ひろ》げて受けようとする。

「なんだい、入れもんがねぇんなら椀ごとくれてやるよ。もうひとつ替えのがあるんでな」

「構わぬのか、又吉」

「右衛門に蜆汁にでもしてもらうがいいぜ。馬鹿にして悪かったな」

「か、かたじけない……」

家斉は礼を言いながら、何か返すものがないかと考えた。

そうであった。良いものがあるぞ。

「右衛門、船から余の羽織を持って参れ」

「は？」

「よいから取って参れ！」

「はぁ」

右衛門は慌てて船着場に走る。

「なんだよ、何かお返しをくれるのかい？　気ぃ遣うんじゃねぇよ、のび吉」

「大したものではない。余の羽織だ」

「羽織？　羽織なんかもらったって着て歩かねーよ！　こっちはこの法被《はっぴ》がお気に入りなんだぜ。どうだい、男前だろ？」

又吉は、女房の作った自慢の一着を家斉に見せた。

「ふむ……又吉よ、法被とやらも良いが、余の羽織も天晴《あっぱ》れなものぞ。これからは余の羽織を着て、蜆を売るがよい」

「おい、のび吉。おんぼろ羽織なんかもらって着てちゃ、みんなにこっちの蜆を買ってもらえなくなっちまう」

「見もせずに言うでない。なかなかのものだぞ」

右衛門が羽織を持ってきた。それを家斉が受け取り、又吉に差し出した。

「ほれ、持っていけ又吉。蜆の礼だ」

又吉は羽織を渡されたが、首をひねるばかり。金色、赤色の派手な羽織の値打ちがいまいち分からず、

「こんなの派手で恥ずかしいやい」

と、家斉に突き返そうとした。しかし家斉は、

「又吉よ、大事に持っていろ。いつかは役に立とうぞ。お前には子どもはおるのか？」

「おう、まだ五つの坊ずが一人いるよ。かみさんは今もう一人、赤ん坊を孕《はら》んでる最中だ」

子だくさんの家斉はにこりとして、

「そうか。丈夫な子を産んでくれ。立派に育てろよ又吉。やはり、その羽織は持っているがよい。家宝にするも良し。生まれた子が女ならば嫁ぐときに持たせても良し。そちに何かあったら売っても良し」

又吉はよく分からず、首をかしげた。

「そうか、そこまで言うんならもらっておくか。だけど商い中だから、濡らさねぇようにしないとなぁ」

「ならばこうすれば良い、ほれ」

家斉は羽織を拡げ、又吉の肩にかけてやった。

「お？　似合うぞ又吉。なあ、右衛門」

「はあ……なかなかですな」

うなずきつつも、

（もったいない！）

と言いたい右衛門だったが、仕方ない。

家斉は直々《じきじき》に、蜆をもらった義理を返そうとしているのだ。

もはや何も言わず、付き合うしかなかった。

「これ、芸人みてぇで笑われねぇかな？」

「笑われるものか。それを羽織って蜆を売れば物珍しいと、客も今より寄ってくるぞ！　わっはっは」

「そうかい？　そんなら今日だけこのまま商いしてみるか！　よっしゃ、そろそろ行くぜ」

「しっかり励めよ、又吉」

「おう！　おめぇさんたちも頑張れよ！　じゃあな」

又吉は豪華絢爛《けんらん》な羽織を着て去っていった。

「しじみぃ――　しじみはいらんかえ――」

蜆の入った椀を片手に、家斉は感無量。江戸の町人と触れ合った喜びと感激を噛《か》み締め、眩しげに又吉を見送っていた。

一方の右衛門はどうにか修羅場を乗り切り、胸を撫《な》で下ろしていた。

「上様」

「何だ、右衛門」

「あの羽織は質に入れたら十両以上になりますぞ。それを値打ちの分からぬ又吉などにあっさりと……」

「まあよいではないか。喜んで着ていったのだ。蜆売りの商いでは暮らしぶりも決して裕福ではなかろう」

「しかし上様、椀一杯の蜆とお引き替えでは、あまりにももったいのうございまする」

右衛門はしつこかった。こう出られては、家斉としても話を蒸し返さぬわけにはいかない。

「……おい、右衛門」

「なんでございましょう、上様」

「鼻の下が伸びていてのび吉とは、余を馬鹿にしておるのか?」

「め、滅相もございません」

「しかも池に落ちて頭がおかしくなったとは、どういうことじゃ。もっとましな答えは思いつかなかったのか！」

「ははっ！　数々のご無礼をお許しくださいませ！」

これ以上、蒸し返されては困ってしまう。右衛門は深々と頭を下げた。

「まぁ、良い。こののび吉、何とか一つ目の名誉挽回が上手くいったのだ。天晴れ、天晴れだ右衛門」

家斉はご機嫌だった。

しかし、右衛門は苦言を呈さずにいられない。

「は？　この程度でオットセイ将軍、色将軍、金食い虫、が挽回されるはずがありませぬ。しかも又吉は、池に落ちて頭がおかしくなったと信じて間抜け面ののび吉に同情したまで。蜆売りに羽織を持たせたくらいでは、とてもとても名誉挽回などではございませぬ！　又吉は、家斉公から羽織を頂いたなどとは夢にも思っておりませぬからな。頭のおかしい、みすぼらしい浪人から、しぶしぶと羽織を受け取っただけでございます。拙者がもったいないと言いましたのは、そういうことでございまする！」

カチ――ン
右衛門め。下手な話をでっち上げて余に恥をかかせておきながら、べらべらべらべらと何たる言い様。

家斉はもう我慢できない。

右衛門に拳骨のひとつでも浴びせようと、家斉は拳を上げた。ところが、
ぐう～　きゅるる
家斉の腹が鳴った。

「上様、残った袴を質に入れねば、何にも召し上がることができません」

たしかに、腹が減りすぎている。

「では右衛門、早《はよ》う売って参れ！」

「御意！」

右衛門は袴を抱え、質屋に向かって走った。

もう少しで右衛門は拳骨を食らうところだったが、家斉の腹が鳴ってくれたおかげで何とか免れた。

「危ない危ない」

蜆売りに羽織を与えたぐらいでは、まだまだ名誉挽回には程遠い。

ああ、これから果たしてどうなるのか。想像もつかず、不安に苛《さいな》まれる右衛門だった。

その頃、又吉はいつもの如く蜆を売って歩いていた。

しかし客が増えるどころか町娘や、遊んでいる子どもたちに笑われる始末。

「し、しじみ～　しじみはいらんかえ～……」

又吉は威勢が悪く、声も小さめ。

のび吉からもらった羽織のおかげである。

「くすくす、なあに？　あれ」

「わ――い！　変なおじちゃんがしじみを売ってらぁ！」

恥ずかしくてもう脱ぎたいが、天秤棒《てんびんぼう》を担いでいては脱ぐのは面倒。今さら持って歩くのも邪魔である。

「まったく、あんな変な二人に同情するんじゃなかったぜ！　こんなみっともねぇ羽織、そのへんに捨てておきゃぁ物乞いが持っていくだろうよ」

又吉はついに籠を下し、羽織を脱ごうとした。

「あれ又吉さん！　あんた今日はずいぶんと上等な羽織を着てるねぇ。女房にこさえてもらったんかい？」

毎度、蜆を買ってくれる饅頭《まんじゅう》屋の女将《おかみ》だった。

「茶化すなよ女将さん……ちょっとした知り合いにもらったまでよ。こんなの恥ずかしくて脱ぐとこだい」

「ただの知り合いがくれる代物じゃないだろう。ほんとはどっかのお偉いさんにもらったんだろ？」

「偉いどころか間抜け面の二人組よ。みすぼらしい浪人にもらったのさ。いらねえって言ってんのに、無理やり押し付けてきやがった」

饅頭屋の女将は又吉に近寄り、羽織を触って、じろじろ物色し始めた。

「お前さん、何かいいことでもしたのかい？　こりゃ上もんだよ！　今日びはお大名だって、こんなもん着てないよ！」

「ぷ！」

又吉は吹き出した。さっきの二人組の顔を思い出したのだ。

「聞いてくれよ女将さん、それをくれた奴はお城で働いてたそうだ。しかも鯉の餌やりが役目だったらしい。変な言葉遣いして、おかしな奴だったよ。あの間抜け面ぁ思い出すと笑っちまうよ！　わっはっはっは」

「そうかい。江戸城の使用人だったのかい。ものすごい錦鯉でも育てたご褒美で、この羽織をもらったとは言ってなかったかい？」

「は？　褒美どころか、池に落ちて頭がおかしくなったってさ！　お役目払いで上様も同情して、羽織でも最後に持たせたんだろうよ」

「かわいそうに、そんなことを言うんなら、その人に返しておやり！」

饅頭屋の女将は真剣に言った。

「こえー顔しないでくれよ。そんなにこいつは上ものなのかい？」

又吉はまじまじと羽織を見直した。

「当たり前だろう。ほら、葵《あおい》の御紋が入ってるんだよ。商いが終わったら質屋に見てもらうんだね。それはそうと、蜆を二椀おくれよ」

「毎度あり……」

饅頭屋の女将は蜆を手にして帰って行った。

「はー……何だかしらねぇが、厄介な物をもらっちまったらしい」

又吉はため息をついた。

「ん？　そういや、のび吉の野郎は家宝にしろとか言ってたっけ」

そんなことを思い出し、又吉は気分が乗らなくなった。朝の奇妙な出来事で調子が狂ってしまったらしい、今日は商いを止め、女将に言われた通りに質屋に向かうことにした。

ここから少し歩けば日本橋の駿河町。有名な三井呉服店のうだつが並ぶ路地裏に、質屋の徳丸屋がある。

又吉は徳丸屋の店主に、この羽織の目利きをしてもらうつもりだった。

「あの女将さん、まさか俺をからかってんじゃねぇだろーな」

ぼやきながら歩くうちに、徳丸屋の暖簾《のれん》が見えてきた。

その暖簾を割って、ものすごい勢いで一人の男が出てくる。

何と、その男は赤っぱな。

「あ、あれ？　右衛門？　右衛門じゃねーか！」

通り過ぎた右衛門がくるりと振り向いた。

「ああ、又吉か。急ぐが故、御免！」

そう言うと右衛門は、あっという間に走り去っていった。

「あいつ……馬鹿ののび吉をどっかに置き去りにして質屋とは……まあ、どうでもいいか」

又吉は首をかしげながら、徳丸屋の暖簾を潜った。

あるじが示した金額は、思いも寄らぬものだった。

「ひょえ――っ！　な、なんとこれが、十三両だぁ？……」

「それだけの値打ちは十分にある……ふむ……仕立て上がりならば軽く三十両はするだろうな……」

　又吉は身震いした。

「徳さんよぉ、もっとしっかり見ておくれよ！」

　店主はもう一度、目を皿のようにして羽織を検分した。

「む……又吉よ、これは徳川家斉公の羽織だぞ」

「ほ、ほんとに上様の羽織だって言うのかい……？」

「ん……間違いない。ほれ、この葵の御紋が分かるか又吉」

　又吉は恐る恐る羽織を見た。徳丸屋のあるじは、

「家斉公は大変に洒落ておられる。歴代の将軍は羽織の表にだけ家紋を入れていたが、家斉公はこうして表にも裏にも御紋を入れるのがお好きだそうだ……見てみろ、又吉」

　と、羽織を丁重に裏返す。

「ほ、ほんとだ」

　又吉はわなないた。徳川家の家紋などよく分からないが、確かに羽織の裏地には毬《まり》のような印が金糸で刺繡《ししゅう》されていた。

家斉公といえば色将軍などと言われている。しかし、将軍は将軍。又吉など足下にも近寄れぬ相手だ。

又吉は思わず羽織に向かって、

「はは――っ」

と、お辞儀をする始末。

「あははは、かの有名な色将軍様のお召し物だ。しかし又吉、どうしてこんな大層なものをお前さんが持ってるんだい？」

「いや……話せば長くなる」

あるじをごまかしつつ、又吉は考えた。

（待てよ？　もしかしたらのび吉の野郎、役目払いの腹いせに殿様から盗んだのかも……ここでほんとのことを話したら、あいつらはお縄にされちまうかもしれねぇな……）

悩んでいると、あるじが思わぬことを言い出した。

「そういやお前さんが来る前に、赤っぱなのお侍が来たよ。やはり家斉公の袴を質入れしてってて、これからはたびたび世話になると言ってたっけな」

又吉は、さっきすれ違った右衛門のことを思い出した。

「なあ、徳さん。その侍は、右衛門って名乗らなかったかい」

「おや、よく知っているね」

「奴は何者なんだい？」

「ああ、江戸城の御庭番の頭だそうだよ」

「ふーん……」

ますますおかしい。どうして城の番人頭がお役目払いされ、頭を患ったのび吉などと行動を共にしているのか……。

「う――ん」

悩む又吉を、あるじは怪訝《けげん》に見返した。

「どうするんだい又吉。売るのかい？　売らないのかい？」

「ん、今日のところはやめておく。悪いね徳さん」

そう言うと又吉は、徳丸屋を後にした。

畳んだ羽織をしっかり抱えて、表情は真剣そのもの。

（もしかして、右衛門は大変な悪党なのかもしれねぇ……のび吉の馬鹿を殿様の部屋に忍び込ませ、着物をせしめさせては質に入れて稼いでいるのかも……衣裳部屋から一着や二着せしめたところで、わかりゃしねえだろうからなぁ……　この羽織は売ら

ずにとっておくか。何かの証拠になるかもしれねぇぞ）
のび吉が将軍家斉その人だとは、思ってもいない。
「さっきも逃げるように走っていったっけな。あの赤っぱな！　今度出っくわしたら、とことん問い詰めてやらぁ」

三

又吉にそんな疑いをかけられたとは、右衛門は考えてもいなかった。

両国の浜小路で家斉を待たせておき、袴を金に換えて一目散で駆け戻る。

「お待たせいたしました上様！」

はーはー、と息をする右衛門を、家斉は疲れた顔で見返す。

「余は待ちくたびれたぞ。腹が減りすぎて、椀の中の蜆を食ってしまおうかと思ったぞ」

「それは砂を吐かせないと、じゃりじゃりして食えたものではございません」

「冗談だ、右衛門。それくらい腹が減ったとの例えだ。それで、余の袴はいかほどになったのだ？」

「十両でございまする」

「幾らにもならぬのだな。そればかりで飯が食えるのか？」

十両といえば大金だが、家斉から見ればはした金。高いほうの羽織を又吉にあげてしまったのだから仕方ない。ここは右衛門としても苦言を呈さなくてはならなかった。

「くどいようですが、だからもったいないと申したのです。江戸の町は安く飯が食えまするが、散策いたすにも持ち合わせが無くては不安なもの。これより先はどうかお気を付けくださいませ」

「うむ、わかった。まずは飯屋に案内しろ、右衛門」

日本橋の中心から少し離れてはいるが、ここ浜町も活気のある町だった。

物珍しい家斉は、きょろきょろしてばかり。

「右衛門！　また蜆売りが歩いているぞ」

「あれは金魚売りでございます。もうお声をかけるのはお控えください」

小路に入ると、何やらいい匂いがしてきた。

「おお！」

そこには、食べ物屋の屋台がびっしりと並んでいた。

豆腐の木の芽田楽や天ぷらに鰻《うなぎ》の蒲焼き、饅頭にせんべいに団子、鶏飯に栗飯、江戸前の握り鮨や上方風の押し鮨などが、屋台で気軽に食べられるようになっていた。

家斉は嬉しくて珍しくて、飛び上がらずにいられない。

「いい匂いだ。なあ、右衛門」

「上様……よだれが……」

二人は小路を歩いていく。

とびきりいい匂いのする屋台の前に出た。

「ううむ、何ともたまらぬ出汁《だし》の匂いだ……。これ右衛門、あそこは何を食べさせてくれるのだ?」

「蕎麦《そば》にございまする」

「ほう、あれが町人たちに人気の蕎麦というものか。参るぞ右衛門、余は蕎麦を食うぞ」

「ははっ」

右衛門を従えて、家斉はその屋台に駆け寄った。

「蕎麦をくれ」

蕎麦屋の女将は、まさか将軍が来たとは思ってもいない。

「かけ蕎麦でいいのかい？」

「うむ、それでよい」

「そちらのお連れさんは？」

「拙者は天ぷらをのせてくれ」

「やはり余も天ぷらだ！」

家斉は右衛門の注文を聞くや、慌てて同じものを頼んだ。

しゃっ　しゃっ
手際良く女将は蕎麦の湯切りをした。

蕎麦の上にぽんと天ぷらをのせ、上からたっぷりと温かい汁をかけ回す。

「お待ち」

腹が減りすぎて子どものように待っている家斉と右衛門の前に、とんとんと二つの丼を並べて置く。

「よい匂いだ！　大儀であったぞ女将！」

「頂戴いたす」

二人は一斉に、むさぼるように蕎麦に食らいついた。

ふー　ふー　ず――っ　ずるずる　ずず――っ

「右衛門、う、美味《うま》い！　蕎麦なるものは美味いぞ！　うーん、黒くて甘じょっぱい汁のかかった天ぷらも絶品じゃ！　この天ぷらはなんじゃ？　余は海老の天ぷらしか食べたことがない」

「これは、きすという魚でございます。海老は春でなくては獲れぬため、冬はきすか細魚《さより》の天ぷらが主流にございまする」

「そうかそうか、こんなに美味いものを食べさせる江戸は素晴らしい！　天晴れじゃな、右衛門」

二人の会話をきいて、蕎麦屋の女将は笑っていた。

「大げさだねぇお前さんたち、蕎麦を食べるのは初めてかい？」

「女将、おかわりだ！」

女将の質問にも答える余裕もなく、家斉は蕎麦のおかわりをせがんだ。

「くすくす、あいよ。また天ぷら蕎麦かい？」

天ぷら以外もあるのか？

「どうしたらよいのだ右衛門？」

「拙者もおかわりで、次はきつねにしてくれ」

「ならば、余もきつねじゃ！　ん？　狐が丸ごとか？　狐なんて食えるのか？」

「くすくす」

女将は笑った。

家斉は、蕎麦の上にどう狐がのってくるのか不思議だった。

「上様。狐とは甘い汁に漬け込んだ、揚げのことでございまする」

とん
「お待ち」

家斉は蕎麦をのぞき込んだ。

「おお、狐とは油揚げのことか！　上手いことを言うものだ」

家斉と右衛門は、二杯目の蕎麦に食らいついた。

ず――っ　ずるずる
「このきつね蕎麦とやらも、何と美味いことか！　柔らかい揚げに染みた甘い汁が、余の口の中いっぱいにひろがっておるぞ」

天ぷら蕎麦もきつね蕎麦も絶賛されて、女将は得意げに、

「そうともさ！　うちの蕎麦は二八で打ってあるし、天ぷらもお揚げも自慢の逸品ってやつなんだ。他の店には真似できない工夫がしてあるのさ」

そんな話をよそに、家斉はつゆまで一気飲み。

　ごくごくごく

「ふー、美味かったぞ、女将！」

「美味でござった……」

　二人の椀の中は空っぽ、腹は一杯だった。

「右衛門。余は満足じゃ！　女将に一両渡してやれ」

「のび吉殿。蕎麦は一両もしないでござる」

「そうだよ、何を馬鹿なことをお言いだい」

　その身なりでは金なぞ到底ないくせに、と女将は笑った。

「おさむらいさんたち、さっきっから面白いねぇ。この辺りでは見かけない顔だけど、どっから来たんだい？」

「余は……」

　家斉が答えようとすると、家斉と右衛門の間に一人の男が割り込んできた。

　着流しの裾をはしょり、薄汚れたふんどしをむき出しにした中年男である。

　髭《ひげ》も髷《まげ》も伸び放題。見るからにむさくるしい。

「おう、女将。山菜蕎麦を二つ届けてくんな」

　男はそう言うと、金を投げて去っていく。見れば一分金だった。一両の四分の一とはいえ、蕎麦二杯の代金にしては多すぎる。

「ちょいと鉄蔵《てつぞう》さん！　これじゃまた、お代をもらいすぎだよ！」

蕎麦屋の女将は、鉄蔵という男を追いかけていった。

一方の家斉は、思わぬことを知って喜んでいた。

「何と、蕎麦は頼めば女将が持ってきてくれるのだな。ならば右衛門、城にも届けてもらえるのか？」

「城内には無茶でございます」

そんなことを言っていると、蕎麦屋の女将が戻ってきた。

「まったくもう」

女将は不機嫌だった。

「どうしたのだ、何を立腹しておるのだ」

「あの鉄蔵って男、すぐそこの掘っ立て小屋に居ついちまってさ、この辺りの屋台に食べ物を出前させるんだけど、愛想もそっけもなく変わり者で、銭勘定にも無頓着で有名なんだよ」

「変わり者か……常日頃は何をしている男なのか？」

家斉は尋ねた。

「出戻りの娘と二人で絵師をしているんだけど、まあだらしなくてだらしなくて、家ん中は散らかり放題荒れ放題さ！」

「ほう、あれで絵師か。どんな絵を描くのだ？　余の狩野《かのう》より上手いのか？」

「ごほっ、のび吉殿……」

右衛門が慌てて割り込む。将軍家お抱えの絵師の名を出されては、こちらの正体が丸分かりではないか。

幸いにも女将は気付かぬまま、家斉と話していた。

「最近ではナントカ北斎《ほくさい》って名乗っているらしいけどさ、あたしはどんな絵を描いているかは見たことないよ。あんなに身なりも構わず汚いんじゃあ、ろくな絵ではないだろうさ！」

そう。その鉄蔵と呼ばれる男は、後に有名になる葛飾《かっしか》北斎だった。

女将はぶつぶつ言いながらも手際良く、そのナントカ北斎の家に持っていく蕎麦の支度に取りかかる。

「歳は四十五くらいらしいけど、五人の子どもがいるってさ。その中の三女で浮世絵師の見習いの男に嫁いだけど出戻ってきた、お栄《えい》って娘に手伝わせて絵を描いてるらしいよ。あたしが知ってんのはそれだけさ」

この家斉、実は芸術品に目がなかった。

世間からオットセイだの色だのと言われてはいるが、芸術に関してこれまで規制をかけたことがないのは見上げたもの。

過去の将軍たちと違って寛大だったため、この頃の文化の発展は目覚ましいものだ。絵画だけではなく、江戸時代の諸々の芸術の名作は、この家斉の時代に生まれたのである。

家斉は、鉄蔵が絵を描くところを覗《のぞ》いてみたくなった。城中のお抱え絵師の狩野一門とは違う、暮らしぶりも身なりも気にしない市井の絵師が、どのような絵を描くのか興味が湧《わ》いたのだ。

「女将、あの男に余が蕎麦を運んでやろう」

「え？　いいのかい？　たまにゴロツキが来てるときもあるから気をつけておくれよ」

「うむ……ゴロツキか」

家斉は気にもしていない。頭の中は、北斎への興味で一杯だった。ぼーっとしたまま、出来たてで熱々の蕎麦を二杯とも持とうとしたので、慌てて右衛門が引ったくら
「ほう……」

なくてはならなかった。

「そちらさんが付いててくれりゃ安心だね」

手ぶらになった家斉に、女将は箸《はし》を渡す。

「それとさ、食べ終わったら丼をすぐに返すように言っておくれ！　鉄蔵さんもお栄ちゃんもこっちが取りに行かなきゃ、そのまんまだから！　家はそこの居酒屋の隣だからね。頼んだよ、お二人さん」

「うむ」

家斉は右衛門と共に、鉄蔵の家に向かった。

二人が角を曲がって消えたとき、女将はハッとした。

「あ、あれ？　今の赤っ鼻の兄さんと、変な話し方する兄さんから、お勘定をもらうの忘れちまった！」

しかし、女将は一安心。

家斉が屋台に忘れていった、蜆が盛られた椀を見つけたのだ。

「ま、すぐに戻ってくるか……」

程なく、二人は目指す掘っ立て小屋に着いた。

自分が持つと言って聞かないので、蕎麦は家斉に任せてある。運ぶ間に少し冷めたので、落とす心配はなさそうだった。

「上様、戸を開けますぞ」

「のび吉と呼べ」

「はっ」

右衛門は戸に手をかけた。ところが堅くて開かず、仕方なく叩いて訪《おとな》いを入れた。

「蕎麦を持って参ったぞ！　開けろ！」

「うるさいねぇ」

がたがたと音がして戸が開き、一人の女が顔を出した。

家斉は、

「そちがお栄か？　ほれ、蕎麦だ。苦しゅうない」

「ふん、ずいぶん偉そうな岡持ちだね」

お栄は蕎麦を引ったくった。

「あんた、どうしてあたいの名前を知ってるんだい？」

うやうやしく礼を言ってくれるとばかり思っていた家斉は、驚いて返す言葉もない。

それをいいことに、お栄はぽんぽん言い放った。

「あのババー、また余計なこと喋《しゃべ》りやがったな。そこらじゅうに出戻り出戻りって言いふらしやがって迷惑だ！　しかも出前に二人も雇ったんかい」

若いが口の悪い女だった。顔には絵の具を擦《なす》った跡が沢山あり、美女かおかめか分かったものではない。

「じゃ、ありがとよ」

一応は礼を告げ、お栄は戸を閉めようとした。

「待て待て」

家斉は慌てて戸をこじ開ける。

「なんだい兄さん。なんか用かい？」

きっ、と吊り上がった目でお栄は睨みつけてきたが、そんなことでいちいち臆する家斉ではない。何よりも、今は好奇心が勝っていた。

「鉄蔵の絵が見たい」

「あ？　なんで蕎麦屋の岡持ちに、おとっつぁんの大事な絵を見せなきゃならないんだ。とっとと帰りな」

お栄は再び戸を閉めようとした。

すかさず家斉は押しとどめる。

「余は、いつもは岡持ち役ではない」

「じゃあ誰なんだよ」

お栄は不快そうに、二人を上から下まで物色した。

「お前さんたち、しけた浪人だろ？　見せる絵なんかないよ」

「いや、余は江戸城の池の鯉に餌をあげていた、のび吉という者だ」

右衛門も慌てて素性を明かした。

「拙者は江戸城中にて御庭番を務めし、怒浦右衛門にござる」

「何だい、あんたらはお役人くずれかい」

お栄は首を傾げたが、すぐに威勢よく言い返した。

「誰だろうと、あたいとおとっつぁんには関わりないよ！　せっかくの蕎麦が伸びちまうだろ、帰《けえ》れ」

すると、部屋の奥から鉄蔵の声がした。

「お栄、腹が減った。蕎麦をくれ」

「おとっつぁん、その蕎麦を届けに来た二人が絵を見せろってさ！　帰れと言っても聞かないんだ」

鉄蔵が出てきた。

「なんだい、お前さんたち。さっきの客じゃねえか」

怪訝《けげん》そうに言いながらも、気にしているのは蕎麦のこと。

お栄から一つ受け取り、立ったまますすり始める。

それをいいことに、家斉はすかさず家の中を覗き込んだ。女将の言う通りで部屋は荒れ放題。いつ食べ終えたのか分からない、空の器が幾つもひっくり返っていて、変な臭いもする。何より多く散らばっているのは、ぐしゃぐしゃに丸められた紙だった。

鉄蔵は蕎麦をすすりながら、部屋の奥へと戻ろうとした。そして、くるりと振り向きざまに、

「絵が好きなら勝手に見ていきな」

と無愛想に言った。

「そ、そうか」

家斉は嬉しそうに鉄蔵の部屋に入った。右衛門は家斉の前に出て、床の上の割れた茶碗やら塵《ちり》を除《の》けていく。汚い土間を抜けると無数の絵が並んでいた。

「おお！」

そこには家斉が抱える絵師、狩野一門の絵とはまったく異なる色遣いの美人画や風景画が並んでいた。

何と迫力のある筆遣いなのか。

描かれている女たちも表情豊かで、なんとも色っぽい。

風景画も山、海、川に赤や緑がふんだんに使われていて個性で一杯。絵の中の鹿や鳥が今にも動き出しそうだった。

「右衛門……斯様に不思議で豪快な絵があるのだな。余は感激だ」

「良かったでござるな、のび吉殿」

そんな二人を、鉄蔵は黙って見ていた。

声をかけたのは、蕎麦を食い終えてからのこと。

「気がすんだら器を持って帰りな、兄さんたち」

するとお栄がここぞとばかりに、昨日と一昨日に出前させた丼を重ね、家斉と右衛門に押し付ける。

「おとっつぁんは忙しいんだよ、帰った帰った」

家斉と右衛門は、お栄にしっしっと追い出され、ぴしゃりと戸を閉められてしまった。

「ううむ、眼福《がんぷく》であったたな」

粗末な扱いをされても、家斉は上機嫌。鉄蔵の絵が頭から離れない。

「実に良き気分だ。はははは」

はしゃぐ家斉に、右衛門はさりげなく念を押す。

「この器を女将に返し、勘定を済ませたら、そろそろ城に戻りますぞ」

「いや、まだまだ江戸を散歩するぞ」

「上様、御台《みだい》様がお騒ぎになられてもよろしいのですか！」

「そ、そうであったな。五月蠅《うるさ》い奥方たちを忘れておった」

蕎麦屋の屋台に戻ると、昼飯時だけに客でごった返していた。家斉は蕎麦屋の女将に器を返し、右衛門は二人ぶんの蕎麦代を支払った。

「行って参ったぞ、女将」

「馳走になった。これは蕎麦代だ」

「あいよ。ご苦労さんだったねぇ」

女将は蕎麦の支度に大忙し。顔を上げる閑《ひま》もない。

「器もあんたたちのお代も、その辺の隅に置いといておくれ」

「承知」

右衛門は器の中にお代を入れた。

ぐずぐずしている閑《ひま》はなかった。

船着場に取って返し、早く漕ぎ出さなくてはならないのだ。

「されば、御免」

「女将、余は美味かったぞ！」

二人は物凄《ものすご》い勢いで走り去っていった。

なんとか昼飯時の忙しさの山を越え、蕎麦屋の女将は汚れた器を洗いに取りかかった。

「おや……？」

ふと見れば、あの二人は蜆の椀を置いたまま。

「まさか、銭が無いからって蜆でごまかしたんじゃないだろうね……」

見慣れぬ浪人者だし、二人とも銭を持っていそうではなかった。急に女将が心配になったのも無理はない。

恐る恐る、屋台の隅に視線を向ける。

「鉄蔵んとこの鉢下げは、ちゃんとやってくれたんだね……あ、あれっ！　ひえ――っ」

何と、二人が下げてきた器の中に銭が入っていた。

まばゆい輝きは一両小判であった。

四

昼下がりの大奥で、家斉は横になっていた。

「上様、お加減はいかがでしょうか」

「うむ。入るがよい」

急いで城に戻った家斉は、一目散に床に入っていた。江戸市中の散策に出ている間、どうやって皆をごまかしたのかと思いきや、右衛門はとんでもない話をでっち上げていたからである。白牛酪の食べ過ぎで腹を下し、朝餉《あさげ》も中食《ちゅうじき》も摂《と》れずにいることになっていると帰りの船の上で聞かされ、家斉は戻って早々に患い人を演じなくてはならなかった。

「失礼いたしまする。御台所様が、上様のご容態を見て参るようにとの仰せにございます」

「ん、まだ少し腹は痛むが……朝よりは調子が良いと、ただ子に伝えてくれ」

「承知いたしました。あの……御台所様が腹くだしによく効く薬湯を、上様に飲んでいただくようにとのことです」

その薬湯とは、家斉がこの世で一番といっていいほど嫌いなもの。恐ろしく苦く、覚悟せずには飲めたものではなかった。

ガ――ン
右衛門め、風邪にしておけばよいものを……

「わかった。勝手に飲む。その辺りに置いていけ」

「なりませぬ。御台所様から、上様が薬湯をお飲みになられるのを見届けるようにと、厳しゅう言われております」

「か、必ず飲む。置いて参るがよい」

「それは困ります。上様の腹下しが治らねば、御台所様にわたくしがお叱りを受けますので……さあ、飲んでくださいませ！」

困った顔をしながらも腰元は強気。ずいと家斉に薬湯を差し出す。

ぷーん
臭いも最悪な薬湯だった。

「う、うぷ……」

たらふく蕎麦を食べた後だけに、いつもに増して臭いが鼻につく。

「さあ、上様」

家斉は覚悟するしかなかった。

「の、飲むぞ」

「はい」

「よく見て参れ、では」

家斉は仕方なく、ごくごくと一気に飲んだ。

「さすがでございます上様。御台所様にしっかりと申し伝えまする」

「うむ」

安心して腰元は部屋から出ていった。

お、おえ～吐きたい。

本当は腹を下してもいないのにこんな仕打ち。

食べた蕎麦の旨味の余韻はすっかり消えてしまった。


次の日。

「右衛門！　右衛門は居るか！　右衛門よ！」

大声で叫ぶ家斉の許《もと》に、右衛門は駆けつけた。

しかし、いつもの部屋に家斉は居ない。

「上様！　どちらにおられまするか？」

するとー、

「ここじゃ、はばかりじゃ！　この馬鹿者が！」

右衛門は便所に向かった。

「いかがなされましたか上様、もしや市中にて食した蕎麦にあたり、まことに腹を下されたのでありますか？」

すると、はばかりの中から苦しそうに家斉は、

「たわけ！　その逆だ！　糞詰《ふんづ》まりだ！」

糞詰まり……？

「畏れながら上様。蕎麦はすこぶる消化も良く、とても糞詰まりを引き起こすとは思われませぬが……」

「御台所だ！　ただ子だ！　そのほうが白牛酪で腹を下したなどと言うたから腹下しの薬湯を運ばせ、余に三度も飲ませたのじゃ！」

家斉は大怒り。

「飲んだふりをしては如何《いかが》でしょうか……」

「無駄じゃ。ただ子の言いつけで余が飲み干すのを、三度とも見届けていったわ！　う～ん、く、苦しい」

右衛門、心の中で笑いが止まらない。

「よいか！　今後は江戸の町に出るときは、他の理由を思案しろ！　毎度このようなことでは余はたまらん！」

そう言いながら、家斉は便所から出てきた。

「失礼ながらお通じはございましたか？　上様」

「出ないぞ！　それこそ白牛酪を持って参れ！」

「は！　ただちにご用意させまする」

右衛門の指示を受け、ただ子に内緒で腰元が白牛酪を持ってきた。夢中で平らげた家斉は、なんとか危機を乗り越えた。

「ふー、すっきりじゃ」

改めて用を済ませた家斉が便所から出ると、右衛門がかしずいていた。

「なんだ、右衛門」

「上様、実はわたくしの配下の者どもに、上様が名誉挽回を志《こころざ》されしご心情をお話しさせていただきました」

「大事ないか？　騒ぎにはならぬか？」

「はい。上様のお志に一同感銘を受け、お城から出られたり上様が居られぬ折の目くらましに、これより是非ともお力添えをさせていただきたいとのことでございまする」

「そうか。そうなると、城の出入りは何事もなく済むな。しかし、城内にいつも余が居ないとなると騒ぎになる……そこは何といたすつもりなのだ？」

右衛門は得意げに答えた。

「ふふふ……上様。わたくしを筆頭に庭番どもは皆、忍びの者にございます」

「ふむ。そうであったな。しかし、どのようにいたすのだ？」

「変わり身の術でございます、上様」

「変わり身？　庭番どもが余に変装いたすのか！」

「さすがは上様、お察しがよろしいことで。それがしが見込んだ一人に上様のお振る舞いなどを教え込み、声や癖なども似せるよう、早急に手を打つことにいたしまする」

ぱっと家斉の顔が明るくなった。

「天晴れだ、右衛門！　それならば何の心配もなく、心置きのう江戸の町に出かけられるな」

「左様でございます」

「さすがは怒浦右衛門！　なんでも出てくるな！　余の心の家臣よ！」

「いや～、お上手ですな上様」

家斉と右衛門は、固く手を握り合った。

さっそく、右衛門は影武者の特訓に励むことにした。

五

それから七日が経《た》ち、右衛門は配下の一人を家斉そっくりに仕立てあげた。

そして今日、再び家斉を江戸の町に連れ出した。

「右衛門、本日は鰻《うなぎ》の蒲焼を食うぞ」

「はっ」

二人は再び日本橋北へと向かった。

浜町の屋台が並ぶ一角に着くと、右衛門は鰻の蒲焼を二串注文した。

「蕎麦も美味いが、この蒲焼も最高だな右衛門！　濃いタレが鰻に染み込んでおる！

あちち……」

新たな味を堪能し、家斉はご機嫌。

すると、茶碗の割れる音と怒鳴り声が聞こえてきた。

ガシャ——ン
「ぐずぐずしてねーでとっとと描け！　この野郎！」

家斉は驚き、

「何事だ、右衛門！　見て参れ！　余も追いかけるぞ」

たたたっ
駆け行く先は鉄蔵の小屋だ。

右衛門は戸を開けた。土間に鉄蔵とお栄、そして見るからにゴロツキらしい男が三人立っていた。

「なんだ、てめぇは?」

ゴロツキどもが右衛門ににじり寄る。

「静かにせい。その父娘がびっくりしておるではないか」

恐れずに応じる右衛門のことを、お栄は覚えていた。

「あ、赤っぱなさん……」

その言葉を耳にして、ゴロツキ三人組は大笑い。

「ひゃひゃひゃ！　赤っぱな浪人参上か！」

「ふざけるな。静かにしろ」

「なんだと、偉そうに。誰なんだ、てめぇ……」

対する右衛門は、あくまで冷静。

「誰だってよかろう。江戸の町は昼飯時だ。近所迷惑も考えて、静かにしろと言うておるだけだ」

ゴロツキ三人組は、さらに右衛門に詰め寄った。

「なんだと？　この野郎……」

「やっちまおうぜ、兄貴！」

「もっと赤っぱなにしてやらぁ！」

ゴロツキの一人が拳を振り上げる。

と、そのとき。

「待て待てぃ！　この愚か者どもが！」

追い付いた家斉が、威勢よく参上した。

家斉のことも、お栄は覚えていた。

「あ、のび吉さん……」

「うひゃひゃひゃひゃ！　赤っぱなの次はのび吉だとさ」

「ついでにやっちまおうぜ！　名前通り、すぐに伸ばしてやるよ」

余りの悪口雑言《あっこうぞうごん》に、右衛門はついに怒った。

「無礼者ども！　このお方を誰と……」

「待て右衛門、それ以上は言うに及ばぬ。余に任せろ！」

さあ家斉、男を見せるか。

「構わねえ！　やっちまえ！」

ゴロツキの兄貴分らしい男が、さっと手を振る。

弟分の二人が懐から短刀を抜き放つ。

右衛門の額には脂汗。ごくりと唾を呑《の》んだ。

ゴロツキどもが家斉に手を出す前に、倒さねばならない。

手裏剣を投じるべく、サッと懐中に手を入れる。

「ふっふっふ……」

不敵に家斉が笑い出した。

「おうおう、何がおかしいんでぇ！」

兄貴分が苛立《いらだ》ちの声を上げる。

応じずに家斉、ぶつぶつと……

「一つ、人としてこの世に生を受け」

は？

右衛門は面食らった。

なんと家斉はこの期に及んで養父の家治から教育された、将軍七つの心得をゴロツキどもに唱えようとしている。

「二つ、不敵の俺様は」

もう、二つ目から間違っている。

「三つ、右にはハゲがあり……あれ？　三つ目はなんだったかな右衛門」

兄貴分の苛立ちは最高潮。

「何を訳の分からねぇことをホザいてんだ！　お前ら！　やっちまえ！」

「おう！」

弟分たちに続き、兄貴分も短刀を抜いた。

刹那。

しゅっ　しゅっ　しゅっ

続けざまに飛んだ棒手裏剣が、ゴロツキどもの手の甲を裂く。

「わ——！」

「ぐえっ」

「痛てぇ！」

さすがは右衛門、三人それぞれの腕に正確な一撃を加えていた。

やばい、素人ではない。

兄貴分はすぐに察した。

「鉄蔵、また来るぜ！　借金を返したけりゃ、次の分をしっかり描き上げとくんだぜ！」

「赤っぱなに、のび吉！　覚えてやがれ！」

口々に捨て台詞《ぜりふ》を吐き、腕を押さえながらゴロツキ三人は逃げていった。

お栄が右衛門に寄ってきた。

「右衛門さん、ありがとう。赤っぱなさんなんて言っちまって、悪かった」

「気にすることはない。それより、おぬしたち怪我はないか」

鉄蔵は相変わらず無表情で、

「ああ、大丈夫だ」

「あたいも大丈夫。あいつらには慣れているしね。それより右衛門さんはどうして手裏剣が使えるのさ？　どこで教わったんだい？」

「大したことはない。父から学んだ、ほんの手慰みだ」

「ふ〜ん……かっこいい」

お栄はがらにもなく、右衛門を見上げて頰を赤らめた。

何やらいい雰囲気である。それを見て家斉は、違う意味で顔が赤くなった。

余としたことが、何たる失態。養父の教えをゴロツキどもに言い放ち、格好良く刀を抜いて成敗しようと思ったのに、右衛門に見せ場を取られてしまったではないか。しかもお栄は尊敬の眼差《まなざ》しで右衛門ばかり見ておる。ああ、失敗してしまった。名誉挽回どころではない。

お栄に見つめられても顔色一つ変えずに、右衛門は言った。

「お前さんたちは何故に脅されておったのだ？　鉄蔵の絵ならば、人に頼んで売らずとも買い手は付くだろう。借金を返したくばとほざいておったが、あのようなゴロツキどもに銭を借りたのか？」

「うん……その……」

お栄は答えるのを躊躇《ちゅうちょ》した。そこで家斉が、

「お栄、心配は無用だ。余も右衛門も口が堅い。正直に話してみろ」

「いやだよ、間抜けなのび吉なんかに話すのは！　右衛門に話したい！」

カチ――ン
将軍に向かって間抜けとは……

家斉の顔色が変わったので、こそこそと右衛門は家斉をたしなめた。

「上様、女の言うことですから」

「ん……わかっておる。しかし間抜けとはあんまりだ」

「仕方がございません。家治さまの七つの心得を、早々と二つ目からお間違いになられ……三つ目はもう、とても聞けたものではございませんでした。家治さまは情けなくて、あの世で泣いておられることかと……」

再び家斉は顔を赤らめ、

「わかったわかった。右衛門よ、奥の間で存分に話を聞いてやるがいい」

「はっ」

右衛門とお栄は隣の部屋に入って行った。

家斉は、ふと鉄蔵を見た。何事もなかったような顔で黙々と絵を描いている。家斉はにじり寄り、手許《てもと》を覗く。描いていたのは牡丹の花だ。

素晴らしい筆遣いに色遣い。この男、何もこのような掘っ立て小屋で描いていることもなかろうに。これだけの腕前を持っているのなら、狩野と一緒に余の屏風《びょうぶ》にでも何か描いてほしい。まずは狩野に見せてみたい。どう評価するであろう。そんなことを考えていると胸が躍った。

家斉は部屋の隅に投げ捨ててある、丸めた紙を三つばかり拾い上げる。鉄蔵の眼を盗み、そっと懐に入れるのだった。

そうこうしているうちに、右衛門とお栄が部屋から出てきた。

「じゃ右衛門さん、今の話はよそには内緒にしといておくれよ、約束だよ」

「承知した。では、それがしとのび吉殿は帰る故、あやつらに気を付けよ」

「あいよ。また何かあったら助けておくれよね」

「ああ」

お栄は今や、心の底から右衛門を信頼している様子。

「のび吉殿、参りますぞ」

家斉と右衛門は表に出た。

何とも面白くなかったが、父娘とゴロツキの関係を早く知りたい。

「右衛門、お栄は何と？」

「はっ。火元は出戻りのお栄の夫だった男にございます。この者は絵師を目指して修業しておりましたが、なかなか芽が出ず暮らしも立ち行かなくなり、お栄の口利きで鉄蔵の弟子にしてもらったものの、やはりなかなか上達せず、厳しい鉄蔵と派手に言い合ったとか」

「ふむ」

「それから酒を浴びるように飲む癖がつき、お決まりの賭け事に明け暮れ散財し、少しばかりの儲けが出てもお栄に入れるどころか、深川芸者と遊びまくる始末。芸者と遊ぶには銭がいるので賭場に通い詰め、そのうちに儲かるどころかあれよあれよと負けっぱなしで借りが膨れ上がったそうです。あのゴロツキどもは、銭貸しの胴元の手下にございました」

「そんなことで使った銭を、鉄蔵とお栄が絵で稼いで払っておるのか？　それは馬鹿馬鹿しい。そやつに払わせればよいではないか」

「取り立てようにも行き方知れずではどうにもなりませぬ。あの鉄蔵は見かけによらず情に厚く、婿の才を伸ばせなかったと娘に申し訳なく思っておるようでございます。また、弟子の粗相は自分のせいだと銭貸しに言うて、わざわざ肩代わりを申し出たそうでございまする」

「う〜む……あの鉄蔵、愛想も素っ気もないが、やはり娘可愛さで必死に絵を描いておったのだなぁ。なんとも気の毒な話だのう……して、その借金は相当な額なのか？」

「はい。借りたときは十両だったのが、利子やら何やらで三十両近くになっているそうでございます」

「なんだ、たいしたことないな」

「いいえ上様。町人にしてみれば、途方に暮れてしまう額でございます。この前の蕎麦代といい、今少し町人たちの暮らし向きを学ばれてはいかがでございましょう。学ばれてから町に出なければ、それがしは気苦労ばかりで一息つく暇も……」

右衛門のぼやきを鬱陶《うっとう》しがり、家斉はそっぽを向く。

それればかりか、するすると袴を脱ぎ始めた。

「上様、何事ですか！　ここは天下の往来にございますぞ！」

慌てる右衛門をよそに、通りすがりの町人たちがにやにやと見ている。

「上様！　袴をお穿《は》きくださいませ！」

「しばし待て。フンドシを外したら穿く」

「はぁ〜？……」

「まぁ聞け。今、余が身につけておるもので最も値打ちが高いのは、このフンドシであるぞ。何しろ徳川の御紋付だ。これを質に入れ、鉄蔵とお栄に銭を持って行ってやるがいい」

まったく、この馬鹿将軍は……。

「そんなことができますか！　それがしが質屋に怪しまれまする！　そも何が悲しゅうて、上様のフンドシを……左様な真似をいたさば、質屋から町奉行に知らせが行ってしまいますぞ！」

「苦しゅうない。たかが三十両などあの親子にくれてやれ。このフンドシ一枚で足りなくば城に戻り、余の茶碗やら杯やらを……」

「上様！　それでは名誉挽回になりませぬ！　気の毒な者に会うたびに恵んでやればいいとしかお考えになられぬのなら、この怒浦右衛門、お役目を降ろさせていただきまする！」

ガ――ン

右衛門の眼は真剣そのもの。

「そのようなことを言うな右衛門、余が悪かった。銭勘定も学ぶから、役目を降りるなどと申すでない……」

家斉は慌ててフンドシを締め直し、袴を穿いた。

そして深呼吸をひとつ。

「右衛門よ、そのほうに命を下す」

「は？」

戸惑う右衛門に告げる口調は、一転して力強い。

「法外な利子を取る悪徳銭貸しに泣かされる町人は、鉄蔵とお栄の他にも大勢いるであろう！　余は明日から五日の間、公務に明け暮れなければならぬ。そのほうは鉄蔵の住まいを見張り、ゴロツキどもの後をつけ、根城を突き止めた上で荒稼ぎの手段を探り出し、余に知らせるのだ！　わかったか！」

「御意！」

やればできるではないか……。

やれやれ、と右衛門は安心した。

## 六

そして翌日、右衛門は再び江戸の町に出た。

家斉が公務に就くのを見届けた上のことである。

一人で行動していれば身軽でいいが、油断は禁物。再びゴロツキどもが鉄蔵の許に押しかけたとき、見張っているのがばれてはまずい。そうだ、ちょうど腹も減っていることだし、また蕎麦でも食いながら見張るとするか……。


「女将、かけ蕎麦をくれ」

「あ！　この前の旦那、たしか右衛門といったねぇ？」

「左様。先日は世話になったな」

「もう、参ったよ蕎麦代に一両なんて！」

「い、急いでおったので悪かった」

「はいよ、これお釣り。うちの蕎麦を気に入ってくれたみたいだからさ、また来てくれるだろうと思って、いつでも渡せるように用意しといたんだよ」

蕎麦屋の女将は右衛門にずしりと重い、釣り銭の入った巾着《きんちゃく》を渡した。

「かたじけない……」

「かたじけない、ってあんた、当たり前だろ？　こっちは一両なんて渡されるからびっくりして、腰が抜けるとこだったんだ」

しゃっ　しゃっ　しゃっ
相変わらず湯切りの手際がいい。

「かけ、おまちどうさん」

「うむ」

湯気の立つ丼を前にして、右衛門は箸を取る。ずるずる蕎麦をすすりながらも鉄蔵の小屋に向けた目は離さない。それにしてもずいぶん静かだ。ゴロツキの威勢のいい怒鳴り声など聞こえてこない。

誰もいないのか、と思った矢先、すっと戸が開いた。例のゴロツキの兄貴分が出てきたのだ。右衛門は気づかれぬよう背中を向け、耳だけ傾けていた。

「ったく、もたもたしやがって。次は早く仕上げろよ！　じゃあな、こいつぁ分け前の一分だ。取っとけ」

土間に板金《いたきん》を投げたらしい音がする。今日のゴロツキは一人だけだ。鉄蔵の絵を手にして鼻歌を歌いつつ、右衛門の横を通り過ぎていった。

「いやだねぇ、また鉄蔵さんのとこにゴロツキが来てたのかい……」

見送りながら、蕎麦屋の女将は顔をしかめた。

「女将、ちと用ができた。ご馳走さん」

チャリンと右衛門は小判を投げ、ゴロツキの後を追いかける。

「ちょいと右衛門！　また一両かい！　いいかげんにおし！　困るんだよ！」

女将が叫んだ。

さすがは忍びの右衛門、後をつけるのもお手の物。何も気付かぬゴロツキは日本橋茅場町の反物《たんもの》屋、野中屋へと入っていった。右衛門は裏口に回り、戸の隙間からそっと中を覗いた。

「よお！　旦那はいるかい？」

ゴロツキは威勢よく店番の女中に声をかけた。

「ああ、銀二《ぎんじ》さん、旦那さまを呼ぼうか」

「頼むぜ、葛飾北斎の絵を持ってきたと言ってくれ」

女中は旦那を呼びに奥に入っていった。

（あやつ、銀二と申すのか……。恐らく、ここのあるじに絵を売りつけていくに違いない。胴元はどこの一家なのか……。いずれにせよ、この辺りの銭貸しは数も少ない。すぐに足がつくであろう）

そのまま気配を殺して待っていると、眼鏡の男が出てきた。

「銀二さん、よくお越しで……」

神経質そうな男を、銀二は笑顔で迎える。

「よう！　野中屋の旦那、お前さんがご贔屓《ひいき》の北斎の絵がちょいと手に入ったもんだからよ、寄らせてもらったぜ」

「どれどれ……ほう、いいな」

「だろう？」

銀二はニヤリと笑う。

「どうでぃ、北斎の牡丹の花よ」

「ううむ……」

店主はまじまじと、葛飾北斎という号を持つ鉄蔵の絵に見入る。

「まったく、この男の絵ときたら、縛りのない筆遣いやら色遣いが何ともたまらないねぇ……」

「だろ？　こんな深ーい紅の色、北斎にしか出せねえよ。上等の一品だい」

軽々しい売り文句など耳にも入らぬ様子で、店主は絵に見とれていた。一目見たときから、どのみち買い取るつもりであった。

「で、銀二さん。こいつはいくらなんだい？」

果たして、どれほどの値が付くのか。

(たしか銀二は鉄蔵に一分を投げていたな)

右衛門は思い出していた。

「ふん、これだけの代物は町に出回ったら、三両以上はするだろうよ。そうは言っても、野中屋の旦那にこの俺が三両で売りつけるわけにゃいかねぇ。旦那には着物も安く作ってもらっているんだ」

「じゃ、いくらにしてくれるんだい」

「二両と言いたいとこだが、一両三分でどうだい?」

「毎度そんなものでいいのかい? 北斎に悪いねぇ」

「気にしなさんな! 北斎にゃ十分に分け前を渡してあらぁな。それにあの物ぐさのために、こうして仲立ちしてやってるんだからな、旦那みてぇに世話になってるお人にゃ、俺も安く分けて差し上げたいのさ」

「そうかいそうかい、ではありがたく売っていただくとするよ。お――い、お照《てる》、銭箱を持ってきな」

この頃の銭貸しは、後の世の高利貸しよりももっと性質《たち》が悪い。半日で一分の利息がつくのだからたまらない。

しかも葛飾北斎として名の知れた鉄蔵の画作を、半値以下で売り飛ばすとはひどすぎる。お栄の夫だった昔の弟子のために鉄蔵は毎日絵を描かされ、どれだけ銭を返せているのか。右衛門は心配になってきた。

（そこのところをはっきりさせ、銭貸しの胴元を探ってからでなくては上様に報告できまい……）

右衛門は思いも新たに、野中屋を出た銀二の後をつけた。

「兄貴ぃ！」

現れたのは、昨日も見かけた弟分の一人。

「おう、竜吉《たつきち》。遅かったな」

「野暮用があったもんですみやせん。今日は野中屋で取り引きしてきなすったんですかい？」

「そうよ、あるじはすぐにお気に入りさ。ほら、これはおめぇらの分だ」

そう言って、銀二は後から来た竜吉に三分を渡す。どうやらもう一人の弟分と分けさせるつもりらしい。

（あと一両は胴元と分けるつもりか……）

右衛門が耳を澄ませていると、銀二は思わぬことを言い出した。

「俺はこの一両で深川に行ってくるぜ」

「ひひひ、また岡場所ですかい？」

「ああ、親分には言うんじゃねぇよ。北斎に貸した銭は、とっくに利子まで含めて返してもらってるんだからなぁ……こいつぁ俺らのしのぎよ」

「ほんと、兄貴もいいカモを見つけなすったもんだよなぁ、鉄蔵の奴ときたら銭勘定もまったくできねぇみてぇで、まだ気が付いてねぇんでしょう？」

「絵しか頭にねぇんだよ、あの野郎は」

「まぁ、次のカモを見つけるまで頑張ってもらいましょうよ、兄貴」

「ああ、そのつもりさ。おめぇらもとっとと、いいしのぎを見つけな！」

「へい！」

ゴロツキどもは別れて去った。

（銀二め……）

右衛門は何もかも察し、城に戻った。

本腰を入れ、配下の御庭番たちも動員して調べを進めるためである。家斉が公務で留守にしている間に、悪事の一連の流れを探り出すつもりだった。

「上様、お帰りなさいませ！」

そして四日後、公務でくたびれた顔をした家斉が城に帰ってきた。右衛門は家斉が人払いをするのを待って、一目散に駆け寄った。

「ああ、右衛門か、ようやっと戻ったぞ……。増上寺の法事やら何やらで余はくたくただ。足だって痺《しび》れて痺れて立ち上がった途端、後ろに座っていた僧侶の膝《ひざ》の上に尻もちをついてしまった、いや〜参った参った」

「それはご苦労様でございました。お疲れのところすみませぬが、取り急ぎご報告いたしたきことがありまする」

「鉄蔵とお栄のことだな」

「御意」

「なんだ右衛門、恐い顔をして。糞詰《ふんづ》まりか？」

「そんなことではございません」

「はっはっは、わかっておる。あの父娘、何といたした」

「はい……」

右衛門はこと細かく、調べ上げた事実を家斉に話した。

「ふ〜む……借りた銭を返し終わったのも知らず、ゴロツキのしのぎのために北斎は描き続けているわけだな？　しかも相当な安値で」

「左様でございまする」

「許せぬな……。あれほどの絵が一両にも満たぬ値で、不当に取り引きされておるとは……」

家斉は考えた。

「右衛門、狩野を呼んで参れ」

「はっ」

将軍家のお抱え絵師は、日の本を代表する一門であった。


「上様、ご無沙汰にございます」

「苦しゅうない。近う寄ってくれ、狩野よ」

「ははーっ、もったいなきお言葉」

「早う寄れ。そちに見てもらいたい絵があるのだ。ほれ、丸めてあってぐちゃぐちゃだが、そちならば、この絵の出来が分かるだろう？」

家斉が寄越したのは、前に鉄蔵の部屋で拾った描き損じ。

「では、拝借を……ん？　こ、これは……」

「ははっ。見受けまするに、これは浮世絵師の勝川《かつかわ》一門に弟子入りいたし、腕はあっても素行が悪く、仲間との不仲が理由で破門された川村鉄蔵、今は葛飾北斎と名乗る男の絵ではございませぬか？」

家斉は右衛門と顔を見合わせた。

「さすがは狩野よ！　よくぞ一目で見抜いたな。その通りぞ！　目利きじゃ目利きじゃ」

「滅相もありませぬ、上様、この北斎は勝川を破門にされし後、わが一派にも弟子入りしておりましたが、いつの間にやら居なくなり、弟子どもに江戸の町を探させたのですが見つからず、瘋癲《ふうてん》でも腕がある故、食ってはいけるだろうとそのままにございました」

「やはり、腕はたしかなのだな？」

「はい。殴り書きのこの絵からもお分かりになられますよう、筆遣いの躍動は天才にございます」

「なるほど。そのような絵を安値で取り引きいたすとは、もったいなきことだのう……」

「分かるか、狩野」

「いえ、この男はすでに安値で取り引きされるような素人ではございません。それにしても何故に、上様の御許に北斎の絵が……」

「ああ、拾ったのじゃ、まったく汚い小屋で臭くてのう……」

「は?」

すかさず右衛門が割って入る。

「狩野様。これは拙者が町中で拾ったのでござる」

「まことですか、怒浦殿? 北斎の絵が何故にまた、丸めて江戸の町に捨ててあったのか……弟子に調べさせたほうがよろしいでしょうか」

「いやいや狩野よ、まあいいではないか、そちの日頃の労に報いて、別室に膳を用意させた。杯を取らせる故、酒もたんまり飲んで行くがいい」

「それはそれは、恐悦至極に存じまする。しかし、上様がわざわざお呼びくださったからには、何か訳があるのでは……」

「訳などないわ。何もない」

「狩野殿、こちらに」

家斉がごまかし、右衛門が隣室に案内する。

北斎の絵にお墨付きを得たことが、共に嬉しく思えていた。

次の日、家斉と右衛門はさっそく鉄蔵の許に向かった。

浜町河岸で猪牙を降り、すっかり見慣れたあばらやへ一目散に駆け付ける。

「御免！」

右衛門が戸を叩く。

「あいよ」

お栄がガタガタと戸を開けた。

「わあ！　右衛門！　会いに来てくれたの？」

相変わらず、絵の具で顔が汚れている。

「通りがかった故、ゴロツキが出入りしていないかと思うて寄ってみた」

「嬉しい！　あたいの用心棒だもんね、右衛門！」

お栄は右衛門に抱きついた。

「ごほっ、ごほっ」

俺もいるのだと言わんばかりに、家斉は咳払《せきばら》い。

「ん？　なーんだ、のび吉も一緒かぁ。ま、おあがりよ、お茶くらいあるよ」

家斉と右衛門は小屋に上がりこんだ。相も変わらず、鉄蔵は黙々と奥の部屋で絵を描いている。それを見届け、家斉は鉄蔵に呼びかけた。

「鉄蔵よ、そちと話がしたい」

「あ？　今は手が離せねぇな」

「では待つ」

「待たれたって困るな。こいつを十日ばかりで仕上げなくちゃならねぇ」

「では、描きながらでよい」

「なんだい、話って」

「そちの絵を見て、余は感動した」

「ふん、あんたに絵心なんぞあるのかい」

「多少はな。勝川や狩野くらいは分かるつもりだ」

鉄蔵は筆を擱《お》いた。

「ふーん……まだ若ぇのに、ずいぶんと一流どころを知ってんじゃねぇか」

「そちは、そこで修業した身なのだろう？」

「なんで浪人のお前さんがたが、そんなこと知ってんだい」

「のび吉殿の父親の、友人の友人の友人の友人が狩野の弟子なのだ」

右衛門、とっさに苦しい言い訳。鉄蔵がつっこむ。

「なんだそりゃ、ただの他人じゃねぇか。そいつに聞いたってのかい」

「左様。そちの絵があまりにも素晴らしいので、評判を調べさせてもろうた」

「ははは！　俺の評判なんて、ろくなもんじゃねぇだろうが！」

「そう卑下いたすな。たしかにそちの素行は良くないが、筆遣いは天才の域だと狩野の弟子も申しておる……」

「は！　天才も糞もねぇやな」

鉄蔵はつくづく素直ではないらしい。

だが、今は急ぐ問題を速やかに伝えるのみ。

「実は……そちの絵が町で二束三文で売り買いされておる。お栄の亭主だった男の博打の借りなど、とっくに返し終わっているにも拘《かか》わらず、な」

「何だって！」

茶を持ってきたお栄は悔しそうに言った。

「ちくしょう！　あいつらめ、よくもおとっつぁんとあたいを騙《だま》しやがって」

怒る娘をよそに、鉄蔵はくるりと背中を向ける。再び筆を執《と》るためだった。

「まだ話は終わっておらぬぞ、鉄蔵」

「だからどうしたってんだい、のび吉？」

「どうしたとは、何だ？　そちの絵なら、あのようなゴロツキに売り買いさせなくとも十分に儲けることができるであろう？　商いとしてしっかり売り買いいたさば、もっともっと稼いで、こんな掘っ立て小屋などに住まずとも……」

「なぁのび吉、俺は絵さえ描けりゃいいんだよ」

「ほう……」

「銭じゃねぇんだ。俺にはそれしか能がねぇ。それにお栄の亭主を駄目にしちまった。才能はあった。でも、俺は怒鳴りつけてばかりで、伸ばしてやることが出来なかった。あいつが必死に描いた絵を破き捨てたこともあった。たった一人の弟子に、師匠としての手本も見せずにな……あげくの果てに、娘を不幸にしちまった」

やりきれない鉄蔵を前にして、お栄の表情も悲しげ。

「おとっつぁん……」

「安値で売り買いさせていりゃ、ゴロツキどもが欲をかいて、そこらじゅうに俺の絵が出回るさ。そのうちにあいつの眼に入りゃいい。また戻って描く気になってくれりゃ、それでいいんだ」

「おとっつぁん、もう気にしないでおくれよ！　あたい、あいつが戻ってくることなんて望んでないよ。毎日おとっつぁんの手伝いをしてさ、こうして絵の具を混ぜたり、花を潰《つぶ》して色を作ったりするのが幸せなんだよ。おとっつぁんの絵は、あたいの生き甲斐《がい》なんだ」

「でもなぁお栄、俺は知ってるんだ。お前があいつの描いた絵を毎日こっそり眺めていることをよ」

ジ――ン
家斉と右衛門は感動しきり。なんとも目頭が熱くなってきた。この親子の力になりたいと、二人揃って考えていた。

家斉が問いかけた。

「お栄、夫の名前は何と申す？」

「ん……庄吉《しょうきち》」

「庄吉か。しかと覚えておく」

それだけ告げ置き、家斉と右衛門は出ていった。

表に出た二人は、しばし無言。

先に家斉が口を開いた。

「右衛門、町奉行所に行って参れ。次に銀二なるゴロツキが鉄蔵の許へ催促に来たところをひっ捕らえさせよ。弟分の二人もだ。銭貸しにあるまじき、無法な所業に及びし咎《とが》でな」

「御意」

「それから、お栄の夫だが……見つけてやりたいものだなぁ」

「江戸の町に居《い》てくれればよいのですが……」

「まあ、現れるのを待つしかなかろう。鉄蔵の願いが庄吉に通じることを祈るとするかな……無愛想な男だが、娘と婿を想う父の心、いつの日か天に通じるであろうよ」

「それがしも、そう願うておりまする」

「右衛門、江戸には悪が多いのか？」

「残念ながら、上様のご覧になられし通りにございまする」

「ふむ。これだけの数の民が暮らしておれば、あちこちで同じようなことが起きているのだろう……余は、江戸を民が安心して暮らすことのできる地にしたい。自由と活気と笑顔あふるる、将軍の膝元らしいところに、な」

ジ――ン
右衛門は感動していた。この前までの、将軍七つの心得を正しく言うこともできなかった家斉とは思えぬ成長ぶりに、感銘を受けていた。ビクつきながらも今日までついてきて良かったと、初めて思った。

「上様……」

「城に帰るぞ、右衛門。しかるべく手を打とうぞ」

「はっ。御心のままに」

七

あれから十日が経った。

いずれまた、銀二は鉄蔵に催促しにくるに違いない。時期を覧《み》て、家斉と右衛門は江戸の町に繰り出した。一方で右衛門は配下に命じ、庄吉の情報があればすぐ、自分に伝えるように指示を出していた。

「なぁ右衛門、ゴロツキどもをひっ捕らえる場では、余は町方役人たちに見つからぬように隠れていたほうがいいのか？」

「左様にございまする。上様がご城下を出歩いていると同心に分かってしまいましたら、あやつらと一緒に奉行所に連れて行かれてしまいます」

「わかった。それは困る」

家斉とて、そのような事態は絶対に避けたい。

「ううむ、それにしても町方役人が悪人をいかにしてひっ捕らえるか、楽しみだのう」

「上様、また興奮して、刀など抜かぬようにお願いいたしまするぞ」

「わ、わかっておる」

浜町の小路に入った。相変わらず屋台のいい匂い。家斉は豆腐の木の芽田楽の屋台を覗いてみようとした。

「ちょいと！　右衛門さんにのび吉さん」

蕎麦屋の女将だった。

「おお、久しぶりだな女将。木の芽田楽を食べようかと思ったが、また蕎麦にいたすか！」

「ありがたいけど、一体あんた達何者なんだい？　毎度毎度一両も置いていかれちゃぁ、釣り銭を用意するのに困っちまうんだよ！　ほら右衛門さん、この前のお釣りだよ」

「かたじけない」

ずっしりと小銭の入った巾着を、女将は右衛門に渡した。

すると、

「おい、かけ蕎麦を三人前くれ」

妙な装いをした男が三人、家斉と右衛門の間に割り込んできた。

「おいお前ら、余が先だぞ。割り込むでない」

「の、のび吉殿、こちらに」

右衛門は慌てて家斉の首根っこを摑《つか》み、蕎麦屋の屋台から遠ざかった。

「こら右衛門！　将軍の首根っこを摑むとは大した度胸だ！　余は同心たちが鉄蔵の小屋に来る前に腹ごしらえしておこうと思ったが、変な奴らが割り込んできて……」

「今のが南町奉行の命を受け、捕物に出向きし町方役人でございます。上様の素性が露見いたさぬように、取り急ぎこちらに誘導させていただきました」

家斉はきょとんとした。

「そ、そうか。あれは同心の捕物装束なのか」

「はい。あそこの蕎麦屋の隅にいる男たちは、同心たちの配下の小者と手先にございます」

「そうか、さっそくお縄にいたす支度が調《ととの》うたのだな」

「左様にございます」

「感心感心。これもそちの手配が行き届いておるからじゃ」

「あっ上様、銀二と子分の竜吉が来たようでございますぞ」

家斉と右衛門は見つからぬよう、くるりと背中を向けた。何も知らない銀二と竜吉は二人に気づかず、そのまま通り過ぎていった。

「兄貴、今日仕入れる絵はどちらに持っていかれるんで？」

「米屋の俵屋あたりだな。最近、あそこのあるじは吉原でも羽振りがいいって噂を聞き込んだんでな」

「そいつぁいいや。いくらで売りつけてやりましょう」

「三両でいってみるか。上手く売れたらお前も吉原に連れて行ってやるよ」

「うひょー、お願いしやすぜ兄貴！」

二人は鉄蔵の小屋に着いた。

「よぉ鉄蔵！　入るぜ」

銀二と竜吉は断りも入れずに戸を引き開け、中に消えた。

それではまだ、お縄にすることはできない。同心たちは蕎麦をすすりながら息を潜め、様子を窺《うかが》っている。陰で見守る家斉もはらはらしていた。

「上様、二人が鉄蔵に銭を払い、出てきたところでお縄にございます」

「そ、そうか」

ごくりと家斉は唾を呑む。

銀二と竜吉が出てきた。

「じゃあな、鉄蔵。次は二十日後だ。しっかり描けよ。ほら、分け前だ」

そう言って鉄蔵に一分金を投げたそのとき、同心と小者と手先が一気に二人に近付いた。

「銀二、竜吉、取り引き違法の疑いと恐喝で、御用だ！」

「う！」

「やべぇ、兄貴」

逃げようとしても無駄だった。

小者と手先に押さえつけられ、銀二は形無し。すかさず言い訳する。

「待ってくれよ、町方の旦那がた、あっしらは鉄蔵を脅したりなんかしてねぇよ。娘の亭主に博打の銭を貸してやったのはうちの親分だぜ。それなのに逃げやがって、恩を仇《あだ》で返されたんだ。しかもそのあと、鉄蔵が出てきて、代わりに払う、罪滅ぼししたいって言い出したんだ。だから俺は絵をばんばん売ってやって、この親子に力を貸してやってたんだい！」

しかし、同心は聞く耳など持ちはしない。

「馬鹿も休み休み言うことだな。うぬらの親分に問い質《ただ》したところ、貸した銭と利息はすでに一年前に返し終わっているとのことだぞ。銀二、うぬは親分に隠れて鉄蔵に数々の絵を安値で描かせ、時には暴力まで振るい、この一年の間にざっと五十両は荒稼ぎをしておると調べ済みだ。しかも鉄蔵やお栄ばかりでなく、罪なき民を強請《ゆす》って羽振りを利かせているそうじゃねぇか」

「そんな……」

「やかましい！　言い訳は奉行所で聞く！　お前ら今度は長いぞ、江戸所払いぐれぇじゃすまねぇから、覚悟しろい！」

銀二と竜吉は同心に縄を打たれ、瞬く間に縛り上げられてしまった。

「いてて……」

この後は、町奉行所できついお取り調べである。

一人の同心が、鉄蔵とお栄に言った。

「お前たちも、よく辛抱したもんだ。あやつらの調べが終わったら奉行所から呼び出しがある。そのつもりでおれ」

「へい……」

「人がいいにも程があるぞ。あんな連中に絵を売らせずとも、お前の絵はすでに有名だ。これからはしっかりと取り引きするんだな」

悪党どもを引っ立てて、一同はその場を後にする。

覗く家斉は興奮の絶頂。

「天晴れだ、まことに天晴れだ」

鉄蔵とお栄は、突然の出来事に茫然《ぼうぜん》としていた。

「おとっつぁん」

「なんだ」

「なんで奉行所の耳に入ったんだろ」

「さあな」

「この話、右衛門とのび吉しか知らないことだよ」

「汚ねぇ浪人でも、どっかに伝手《つて》があったんじゃねぇかい？　どっちも阿呆面だったが、元はお城で働いてたとかぬかしてたっけな」

「うん、あの二人かも。でも、なんか話し方とか可笑《おか》しいんだよね。浮世離れしているっていうのかね」

「そのうちにまた、顔を出すだろうよ。そんときに聞こうじゃねぇか、お栄」

「そうだね。ま、良かったよおとっつぁん」

「ああ」

「ごめんね、あたいのせいで」

「なぁに。いいってことよ」

そう言って、鉄蔵とお栄は小屋に入っていく。

家斉と右衛門は、小屋の横で聞き耳を立てていた。

「おい右衛門。どっちも阿呆面とは聞き捨てならぬぞ。このへんで鉄蔵とお栄の前に出ていかなければ、余の名誉挽回劇になるまい。今すぐ将軍と明かしたほうがよいのではないか」

「上様、今はそっとしておいて、いずれ城に招いてはいかがでしょう？　上様にお目通りいたさば、暗黙の了解となりましょうぞ」

「うむ、それは良い考えだ。このような姿で余の身分を明かすより、城中にて対面したほうが鉄蔵も躍《おど》り上がるに違いあるまい！」

「左様にございまする。拙者もそのほうが、わくわくいたします」

「よし、今日は城に戻るとするか」

「はっ」

二人は両国橋下にくくりつけてある船に向かう。隅田川は江戸の象徴。そろそろ春めいてきたのか、川に日の光が反射してぽかぽかと暖かい。

二人は船に乗り込み、江戸城に向かおうとする。と、そこに、

「あ――！　右衛門にのび吉！」

振り向くと蜆売りの又吉がいた。

「おい！　そんな船に乗ってどこに行こうってんだい！　それに右衛門！　話があるんだ！　待ちやがれ！」

慌てて右衛門は杭にくくった縄をほどく。又吉に捕まっては面倒臭い。

「御免、又吉！」

遠ざかる又吉に家斉は大きく手を振った。

「お――い！　頑張っているか、又吉よ！　羽織を大切にしろよ～！」

又吉も大声で叫ぶ。

「逃げるのか右衛門！　のび吉よぉ！　おめぇは右衛門に騙されてんじゃねぇのかーい！」

猪牙船は速い。又吉の姿はどんどん小さくなっていった。

「ところで右衛門、又吉は何を言うておったのだ？」

「はあ、上様が私めに騙されているやら何とか……」

「訳の分からぬ男だな。あやつこそ蜆を採っている最中に足を滑らして、頭でも打ったのではないか」

「はい、そうかもしれません」


江戸城の堀に着いた。

「上様、おみ足にお気をつけください」

「うむ」

家斉は船を降りた。するとそこに、右衛門の配下の御庭番が一人、さささっと駆け寄ってきた。

「なんだ、苦しゅうない。面をあげよ」

「は、お帰りなさいませ上様、右衛門殿」

右衛門は言った。

「慌ててどうした、兵助《へいすけ》」

「は、例の葛飾北斎の婿の庄吉ですが」

「なんと、見つかったか！」

「はい、浅草雷門近くで似顔絵を描き、身過ぎ世過ぎをしておる絵師が庄吉と名乗っております。私が客のふりをして一枚描かせ、狩野殿にお見せいたしたところ、なんと筆遣いが北斎にそっくりとのことでございます」

家斉の顔がぱっと明るくなった。

「まことか！　兵助とやら、大儀であったぞ！」

「ありがたきお言葉でございます」

右衛門はそわそわして、矢も楯もたまらぬ様子。

「されば上様、取り急ぎ雷門まで行って参ります。意地でも鉄蔵の許に連れて参ります！　兵助、上様を城内にお連れ申せ」

「はっ」

たたたたたたっ

右衛門は一目散に走り去る。

家斉は空を見上げた。

「鉄蔵、お栄、これより右衛門が庄吉を連れて参るぞ……これからは、思うがままに絵を書きまくるがよい。掘っ立て小屋にて出会うた天才絵師、葛飾北斎の絵が江戸じゅうに広まりて、後の世まで宝と讃えられる作品として残るのを余は楽しみにいたしておるぞ。まずは良かった、良かった……」

今回家斉は、格好良く刀を抜き悪党を退治したわけではない。だが十分に満足していた。

鉄蔵とお栄に今すぐ名を明かすことは出来ぬが、いずれまた対面できる日が来るだろう。

そのときを心待ちにしながら、城内に戻って行く家斉であった。

# 第二章　鶴屋南北

## 一

家斉と右衛門は、今日も江戸城から抜け出した。道三堀から日本橋川を経て大川に漕ぎ入り、両国橋の向かって左は神田川。柳橋を通り過ぎ、右衛門が船を寄せたのは昌平橋辺りの船着場。すでに桜は散って新緑の季節。岸辺の柳を揺らして吹き過ぎる風が心地いい。

「柳なよなよ風次第……か」

覚えたての端唄《はうた》を口ずさみ、ご機嫌の家斉の鼻の下は伸びる。

昼下がりの陽光が川面にきらめく。外出には打ってつけの陽気であった。

葛飾北斎の一件で、余裕をみせる家斉だった。

「して右衛門、これから何処へ参るのだ？」

「本日は湯島などいかがでしょうか」

「湯島か。天神様のお通り、だな」

「は」

「苦しゅうない。良きにはからえ」

家斉を乗せて、猪牙は進む。右衛門は手際よく船を岸に着けた。

「お待たせをいたしました、上様」

「うむ」

船着場に降り立つ、足の運びは落ち着いたもの。揺れやすい猪牙船にもすっかり慣れ、いちいち手を焼かせることもない。

「して右衛門、湯島には何があるのだ」

「人気の鮨屋がございます。あらかじめ店主に、友が来るので席をとるよう申してありますが故、お連れいたしましょう」

「先だって申しておった、白魚《しらうお》の握りを食わせる店だな？　余はそちの友人となっておるんだな？」

「左様にございます」

「では、その店に案内《あない》いたせ。評判の鮨とやらがどれほど美味いか、この家斉が味見をしてやろうぞ！」

鮨屋に向かい、余裕綽々《しゃくしゃく》の家斉と右衛門は歩き出す。

しかし、家斉の好奇心は変わらず旺盛。おすすめの鮨屋にすんなり到着するはずもなく、すぐに足を止めた。

「ん？　こんなところに茶店《ちゃみせ》があるぞ」

家斉は興味津々《しんしん》、そよ風に揺れる幟《のぼり》に目を向けた。

「どうだ右衛門、一串食べて行かぬか」

「なりませぬ。買い食いなどなされては、せっかくの鮨が不味《まず》うなりまする。しかも今度は食べ過ぎで本当に腹下しになり、またしても御台所様にしこたま薬湯を飲まされますぞ」

「う～ん、それは困る。しかし甘味は別腹だ」

「上様、またしても我《わ》が儘《まま》が始まりましたな。鮨屋はすぐそこなのですぞ」

「良い良い、おぬしも付き合え。仲良く二人で腹を下そうではないか！」

脳天気。

「はあ……」

子であった。

右衛門の返事を待たず、浮き浮きと床几《しょうぎ》に腰掛ける。花より団子ならぬ、鮨より団子であった。


よしず張りの店には先客がいた。毛氈《もうせん》が敷かれた床几に並んで座り、串団子を仲良く頬張っていたのは若い女の二人連れ。大店《おおだな》の家付き娘と、お供の女中といった感じである。


「ふっ、町娘は初々しいな」

「お止めくだされ。また色呼ばわりをされますぞ」

「右衛門、軽々しく色と言うのをやめい！」

「しかし名誉挽回の妨げになる真似は、くれぐれもお控えくださいませ」

「わかっておる！　五月蠅《うるさ》い奴だ！　人生は色々だ！」

訳分からない。

そんな二人のやり取りなど気にも留めず、娘たちは団子を片手に談笑中。

「お嬢様、今日の幸四郎は格別でしたね。あの鼻高っぷり、やはり他の役者とは違いますわ」

「何を言うのよ、おのぶ。私は何といっても岩井半四郎様ね。あのぱっちりした目に、きりりとした口元……可愛いわぁ、うふふ」

「そうですかねぇ、お嬢様。きりりというよりはおちょぼ口ですし、どこがいいのやら、あたしには分かりません」

「まぁ、おのぶったら男を見る目が無いのねぇ」

町娘の微笑《ほほえ》ましい会話を聞きながら、鼻の下を伸ばした家斉は団子を頬張る。

そんな家斉を見て右衛門は、

「まったく、上様には、のび吉という名前がお似合いにございまする」

右衛門の嫌みにも気付かずに家斉は、町娘の会話を聞いていた。

(うむ、猫も杓子も歌舞伎、歌舞伎か……　それこそ色事ではないのか?)

なぜ、誰もが歌舞伎に熱中せずにいられないのか。そんなにも歌舞伎には魅力があるのか。かねてより家斉はそんな疑問を抱いていた。

庶民の娯楽にとどまっていれば、気にすることはない。役者に入れあげ、騒ぎ立てる風紀の乱れに目を光らせるのは将軍の務めだが、厳しく取り締まるのは行き過ぎというもの。まして、余の世間の評判はオットセイ。たまの芝居見物が憂さ晴らしに役立つなら、むしろ盛り上げてやってもいい。

歌舞伎の人気は武家にまで拡がって久しい。しかし武士が親しむ芸能といえば、古来より能と狂言のみ。家斉に限らず、歴代の将軍が嗜《たしな》んできたことである。だから、その他の芝居はいけないと決め付けてきた。直に観たことこそなかったが、歌舞伎がどのようなものかは家斉もおおむね承知済み。道ならぬ恋を描いて男女の心中沙汰を賛美したり、赤穂浪士の吉良邸討ち入りなど世間を騒がせた事件を美化したり、政治を皮肉ったりしているという。演じる側も一応は公儀に気を遣い、物語の背景が鎌倉の昔に置き換えられたりしているとはいえ、天下を治める将軍としては感心できない。

「う〜〜む」

それ故に、武士が好んで観るべきではあるまいが、お忍びで芝居小屋に通う者は後を絶たない。江戸に限らず大名の城下町でも、興行のたびに大入り満員だとの噂。とりわけ女たちは熱心で、あの大奥でも人気は根強い。さすがに大名の息女であるただ子は微塵《みじん》も関心を示さぬが、旗本の家から大奥に奉公していながら宿下がり中に歌舞伎見物を楽しんだり、贔屓の役者を茶屋の座敷に呼んで酒宴に興じる女中も少なくない。

「う〜〜む」

それにしても、なぜ歌舞伎は廃《すた》れぬのか。芸術と思えば盛り上げてやりたいが限度がある。町娘たちの会話をたまたま耳にしたのをきっかけに、珍しく家斉は真面目に考えていた。いっそのこと観に行けばいいのだろうが、右衛門に黙って勝手な真似をするわけにはいかない。

とりあえず、家斉は疑問をぶつけてみた。

「ひとつ教えてくれ、右衛門」

「何事ですか。これより鮨屋に参りまする。早うお召し上がりくだされ！」

右衛門はふて腐れ、一串も団子を頼まず、先ほどから茶をすすってばかり。口調こそ礼儀正しいが、むくれているらしい。せっかく美味いと評判の鮨屋に連れて行こうとしたのに寄り道をさせられたのだから無理もないが、今や家斉も甘いものを楽しむどころではなくなっていた。

「いつまでもへそを曲げるでない。こちらは真面目に尋ねておるのだ」

「……何でありますか、上様」

茶店の親爺と娘たちに聞かれぬように声を低めるのを忘れていない。合わせて、家斉も小声になっていた。

「教えてくれ。あの娘たちは歌舞伎の何が良くて、ああも嬉しげに話し込んでおるのだ。それほどまでに面白きものなのか？」

「ああ、そのことでありますか」

右衛門は苦笑する。

娘たちは相変わらず、他愛もない話に熱中している。その様を見やりながら右衛門は家斉に問い返した。

「あの娘らは役者の名前の他に、何ぞ言うておりましたか」

「いや。幸四郎だの半四郎だのと並べ立てては黄色い声を上げ、きゃっきゃと喜んでおるばかりだ」

「そうでございまする。それが当節の歌舞伎にございます」

「どういうことだ？　余が分かるように、しかと申せ」

「芝居の筋立てなど二の次ということです。舞台に立つ役者の装いと所作事を楽しみ、あわよくば直に会うてみたいと妄想してはにやつく……　そんな女どもが惜しみなくつぎ込む金で、成り立っておるのです」

「何とも軽々しい！」

色将軍にしては珍しい言葉。

そこに右衛門は抜かりなく釘を刺す。

「あらかじめ申し上げておきますが、芝居町にはお連れいたしませぬぞ。所詮は庶民の娯楽」

「ふむ、庶民の娯楽であれば学ぶ必要があるではないか?」

「え?」

家斉は観たこともない歌舞伎のことが、少し気になってきた。

右衛門、何故か嫌な予感。

相も変わらず、二人の町娘は役者談義に花を咲かせていた。

「あーあ、どうにかして半四郎様にお会いしたいわ」

「それでしたら、芝居茶屋にお席を用意しなくてはなりませんね。旦那様におねだりしなすってはいかがですか、お嬢様」

「何よ。どうせお前は、幸四郎びいきなんでしょう?」

「それはそうですよ。あんなに男らしい人、他にいませんもの」

嬉々とする娘たちは、手に手に錦絵を握っていた。芝居を見物した後に買い求めたのだろう。それぞれ贔屓の役者が刷られた錦絵を胸に押し当てていた。

家斉は町娘の抱く錦絵になりたいと頬を紅潮させている。

二人とも興味津々なのは役者の容姿ばかり。

家斉は嫉妬。

「参るぞ、右衛門。余を団子屋に二度と連れて来るなよ!」

「はぁ〜〜？」

家斉は腰をあげた。

代金を席に置き、右衛門も後に続く。

家斉の気持ちは暗い。今の歌舞伎の人気を支えているのは、役者の姿形の良さだけなのか。

「右衛門、役者よりも余のほうがよっぽど色男であろう？」

「いえ、上様は色男ではなく、色将軍にございまする」

「この！　また余計なことを！」

二人は言い合いをしながら、鮨屋に向かった。

「へい、お待ち」

「うむ……」

まだ家斉は、歌舞伎役者に嫉妬していた。

ぼそぼそ口にする姿は、まったく美味そうに見えない。

事情が分からぬ鮨屋は不満そう。店を出している湯島は、幕府直轄の学問所があることで知られる地。旗本の子弟を中心とする生徒たちが帰りに立ち寄るため、いつも屋台は繁盛していた。貧乏浪人など相手にせずとも十分にやっていける。敢《あ》えて頼むと右衛門にお願いされ、山奥から出てくる田舎者の友に江戸前の鮨を腹一杯食わせてやりたいと前金まで弾んでもらったため、今日は選りすぐりのネタを揃えておいたというのに、たった一貫の白魚握りを持て余されては腕の振るい甲斐がない。

鮨屋が憮然《ぶぜん》としていると、家斉は思わぬことを言い出した。

「亭主、ちと尋ねたいのだが」

「何ですかい」

「今の将軍――家斉公は、江戸の町で何と呼ばれておるのだ」

「おやおや、藪《やぶ》から棒に妙なことを聞きなさるね」

苦笑しながら鮨屋は言った。

「そんなもん、お尋ねになるまでもありやせんぜ」

「？」

「ほんとに知らないんなら、お前さんは大した田舎者だね。ここだけの話、金食い虫で子作りしか能の無いオットセイ、生粋の女好き、この江戸じゃ誰もがみんな、口を揃えて言っておりまさぁ」

「何者が、そのようなことを！」

家斉は怒った。

「町の衆だけじゃありやせん。旦那みてぇなご浪人はもちろん、そこの学問所に通っていなさる、ご直参《じきさん》の旗本や御家人《ごけにん》の若様がたも、いつだって愚痴っておいでですよ」

「どんな愚痴なのだ。申せっ」

「何ですかい、まさかお前さんが将軍ってわけじゃあるまいに」

変な顔をしながらも、鮨屋は答えた。

「若様がたは、いつもこう言っておられますさぁ。あんなオットセイもどきを上様と仰ぎ奉り、ぺこぺこして扶持《ふち》を頂戴しなくちゃならないのが、どうにも情けなくて仕方がないって……」

「お、おのれ！」

カチ――ン
家斉の顔がたちまち強張《こわば》る。

「待て、のび吉殿」

妙なことを言い出す前に、右衛門はとっさに動く。初めて城から連れ出したときの又吉とのやり取りを教訓とし、いつも油断をしていない。

「今日は食が進まぬらしいな、のび吉殿。しばらく江戸に居《お》るのだから、日を改めて参るといたそう」

暴れかけた家斉の口をふさぎ、鮨屋に告げる。

「馳走になったな亭主。銭はここに置くぞ」

「へい、ありがとうございやす」

訳が分からぬまま、鮨屋は二人を送り出す。

ずるずる引きずられながらも、家斉の怒りは収まらない。

「なぜ止めたのだ、右衛門っ」

「お止めいたさねば、何となされるおつもりでしたか」

「決まっておろう。あやつの鼻に山葵《わさび》をたんまりいれてやったわ！」

連れ出して正解。

いきり立つ家斉は、今にも屋台に取って返しそうな勢い。

「埒《らち》もないことを申されますな。あの鮨屋が上様に対し奉り、どんなご無礼を働いたのです？」

「余をオットセイ呼ばわりしたではないか！　おまけに直参の子弟どもが悪口を言うておるなどと、有りもせぬ話をでっちあげ……」

「それは偽りに非ず、すべて真《まこと》にございまする」

「何っ!?」

「このぐらいのことでご立腹なさるようでは何も出来ませぬぞ、上様」

右衛門は冷静に言葉を続ける。家斉が暴走しないように、さりげなく利き腕の関節を極《き》めていた。

「よろしいですか。名誉挽回が成るまでは、如何《いか》なる悪評をお耳になされても何卒《なにとぞ》ご辛抱くださいませ」

「されど、直参の倅《せがれ》まで好き勝手に……」

「その儀につきましては、どうかご寛容に」

「どうやって前向きになれと申すのだ、右衛門っ！」

「お静かになされませ。この湯島に在る学問所は勉学に励み、しかるべきお役に就かんと志す、有為の徒の集まりにございまする。畏れながら上様と申せどむやみに騒ぎ立て、勉学の邪魔をしてはなりませぬ」

「む……」

たしかに、この界隈で騒動を起こしてはまずい。迂闊《うかつ》に刀など抜けば学問所の番人が駆け付け、すぐに取り押さえられてしまう。学問所を管理する林家は先祖代々、将軍に儒学を教える立場。学舎の近くで狼藉《ろうぜき》を働き、捕らえられた曲者《くせもの》が実は城から抜け出した家斉だったと発覚すれば、洒落にならない。

やむなく思いとどまったものの、家斉の気分は最悪。今日は不快な目にしか遭っていない。

この調子で、名誉挽回などできるのか——。

二

それからしばらくの間、家斉は気晴らしに界隈をぶらついた。

近くの神田明神でお参りしても気は晴れない。

そのうちに日が暮れてきた。陽が沈めば、初夏でも気温はぐんと下がる。

だが、今の気分のままで城に戻りたくはなかった。どこかで暖を取るついでに酒でも飲んで、憂さを晴らしたいものだ。

黙って従う右衛門に、家斉は肩越しに告げる。

「ちと飲んで参りたい。構わぬな」

「上様！」

「な、何じゃ」

家斉は慌てて振り返る。また説教をされるのかと思い込んだのだ。

ところが、返された答えは意外なもの。

「やけ酒は度が過ぎては困りまするが、少々ならば構いますまい。実を申さば先刻より私めも同じことを考えておりました」

「そうか、お前も酒が飲みたかったのか」

「は。こちらからは申し上げにくきこと故、黙っておりました」

「左様であったのか。これほど顔を付き合わせておっても、なかなか以心伝心とはいかぬものだな……」

苦笑しながらも、家斉の機嫌は直りつつある。

「おお、ちょうど良きところに煮売屋だ。入ろうぞ」

「ははっ、お供いたしまする」

二人はすすけた縄のれんを潜った。

「いらっしゃい！」

迎えてくれた酌婦は元気が良かった。団子鼻でお世辞にも美人とは言えぬが昼日中から歌舞伎見物に現《うつつ》を抜かす大店の家付き娘よりも、今の家斉にとっては好もしい。

「まずは熱燗だ。肴は有り合わせで構わぬ」

「はーい、熱燗一本！」

板場に向かって高らかに告げつつ、空いた席に案内する動きもきびきびしていて覇気がある。好もしく思う余り、家斉は軽口を叩いた。

「威勢がいいねぇ、お姐《ねぇ》さん。それに美人で、愛嬌もいい」

姐さんと言っても、まだ小娘だ。

「いやだ、お侍さん。褒めてくださっても何も出ませんよ」

笑顔で肩をはたく真似をし、娘は酒を取りに板場へ。

と、そこに小馬鹿にした声。

「へっ、お菊坊は愛想で笑ってるだけだぜ。真《ま》に受けて浮かれやがって、もてない男は野暮でいけねぇ」

家斉の隣に座っていた、相席の先客である。

「無礼であろう。何だ、そのしかめっ面は」

先に咎めたのは右衛門だった。

「うるせぇ。赤っぱながいっちょまえの口を叩きやがって」

負けじと言い返した男は、着流し姿の町人。

歳は五十前後といったところ。落ち着いた、優男《やさおとこ》めいた雰囲気だが目付きは鋭い。気も相当強いらしく、まったく臆していない。いい度胸である。

だが、当の右衛門は騒ぎなど起こしたくなかった。町中で喧嘩《けんか》すれば自身番へ知らせが行き、町奉行所に連行されて、家斉の正体が露見する。同心や与力はともかく、町奉行は日頃から城中で将軍の顔を目にしているからだ。

家斉の名誉挽回劇はまだ始まったばかり。些細《ささい》なことで頓挫させるわけにはいかない。腹立たしくても、ここは我慢のしどころだった。

「どうした、赤っぱな。何とか言ってみろい」

「まぁまぁ、落ち着け」

からんでくる男を、右衛門はやんわりとなだめた。

「おぬしは飲みすぎだ。酒は百薬の長と申せど、ほどほどにせねば体に障るぞ」

しかし、男は取り合おうとしない。

「へっ、おといきやがれってんだ」

空の徳利が並んだ飯台《はんだい》に肘《ひじ》を突いたまま、しかめっ面で言い返す。

「俺はな、こうして飲んでても大事な考えごとをしてるんだ。てめーみてぇな赤っぱなのふとっちょだの、女の褒め方もろくに知らねぇ間抜け面なんぞに相席されちゃ、迷惑ってもんだぜ」

カチ——ン
酔ってもいない家斉の目が、たちまち据わる。

余を間抜け呼ばわりするとは、許せぬ。

「誰に向かってものを言うておるのだ。無礼者めっ！」

「何だってんだい、ただの浪人だろうが？」

「余……いや、拙者は……」

家斉は言葉に詰まった。まさか将軍とは名乗れぬが、この無礼な男を放っておくわけにはいかない。意を決し、言い放った。

「迷惑と申したが、言いがかりも大概にせい。皆が楽しゅう酒を飲んでおる場でしかめっ面をし、初めて会うた我らに難癖を付けるほうが、よほど迷惑だ」

珍しく怒っていても、言うことには筋が通っている。しかし、男も負けていない。

「おきやがれ、くそ侍どもが。こっちは気の休まる閑もないってのに、揃いも揃ってのほほんとしやがって。着ているもんこそ汚ねぇが、そんなに色つやがいいんじゃ、食うのに事欠いたことなんかありゃしないんだろ？　俺ぁこの歳になるまで、おめーらみてぇに気楽に生きてきたわけじゃねぇんだよ」

「何だと！」

家斉は眉を吊り上げた。

名誉挽回に日々励む余を、よくも悪し様にののしりおって。

「そこへ直れ、無礼者っ」

怒りの赴くままに立ち上がり、男の襟首を引っつかむ。

「うるせぇ」

負けじと男は振り払う。

「お止めくださいまし！」

そこに割って入ったのは、先ほどの娘。運んできた酒と小鉢をこぼさぬように台に置き、懸命に二人を引き離す。

「ごめんなさい、ご浪人様。そちらのお武家様も、どうか俵蔵《ひょうぞう》さんを勘弁してあげてくださいな」

「そちが謝ることはないぞ」

家斉は困惑した。右衛門も機先を制され、訳が分からずにいる。一方の男は澄ました顔で、着流しの襟を正していた。

そんな三人に娘は言った。

「俵蔵さんはこのところ良いお芝居が書けなくて、思い詰めてるんですよ」

「芝居？」

「そう。歌舞伎の立作者《たてさくしゃ》なの」

　と、娘は男に向き直った。

「俵蔵さんもいい加減にしなさいよ。あんまり飲みすぎると、またおかみさんに叱られちまうでしょ」

「お吉が何だ。役者の娘だからって、いい気にさせてたまるかってんだい。俺を蚊帳《かや》の外に置きてぇのなら、好きにすりゃいいんだ」

「そんなこと言っちゃだめでしょ。お前さんを贔屓にしてた坂東彦三郎《ばんどうひこさぶろう》が上方に行っちまったからって、何もかも終わったわけじゃないんだし……今だって尾上松助《おのえまつすけ》のために、天徳《てんとく》ものの新作を書いていなさるんでしょ」

「その話は止めてくんな。しょせんは人形浄瑠璃の焼き直しさね。俺ぁ歌舞伎なんぞ懲り懲りしちまって、もう二度と書きたかねぇんだ」

「俵蔵さん……」

「今日は帰るぜ、お菊ちゃん。邪魔したな」

　面倒くさげに首を振り、男は立ち上がる。

俵蔵と呼ばれたこの男、なんと歌舞伎の作者だったのだ。

家斉が想像していた、軽薄な手合いとは違う。文人墨客《ぶんじんぼっかく》と呼べるほどの教養は感じさせぬが、愚か者とも思えない。自らが口にした通り、貧乏しながらも前進してきた、叩き上げの苦労人なのだろう。掘っ立て小屋の葛飾北斎を思い出させる。そんな男が思い悩み、書くことを止めようとしている。歌舞伎とは、それほど奥深いものなのか。そう思ったとたん、家斉は興味を抱いた。

「待て待て」

俵蔵を押しとどめ、再び座らせる。

「俗人に分からぬ悩みを抱えておるとは思いもよらず、済まぬことをいたしたな。機嫌直しに、ひとつ杯を受けてくれ」

そっと猪口《ちょこ》を握らせ、徳利を取る。

「そうかい？　そこまで言うんなら、注《つ》いでくんな」

怒り出すかと思いきや、俵蔵はすんなり酌を受けた。右衛門の手を焼かせることなく場を治めるとは、家斉も成長したものだ。

「いつまで突っ立っておるのだ。そのほうも早う座らぬか」

「はぁ」

戸惑いながらも右衛門は腰を下ろす。家斉の振る舞いは如才なかった。

「お菊とやら、もう二、三本持って参れ。余……いや、拙者が勘定を持つ」

「はーい」

安堵《あんど》した様子で、お菊は追加の酒を運んでくる。

「ほれ、もう一献」

「へっ、勧めなくても飲んでやらぁな。あー、ただ酒は美味いぜぇ……」

俵蔵は遠慮無しに杯を重ねる。悪びれるどころか態度はふてぶてしい。

(こやつ、重ね重ね無礼な奴だ)

右衛門は苛立ちを抑えるのに苦労した。どうやら俵蔵は手持ちの銭が尽きてしまい、家斉に振る舞わせるのが狙いだったらしい。本気で詫びを受け入れたわけではなかったのだ。

だが、当の家斉はおちょくられても気にしていない。

「ははは、良い飲みっぷりだな」

この男の無礼を大目に見てやり、抱える悩みを聞き出せば、少しは歌舞伎というものの本質が分かってくるのではないか。そんな期待を抱いていた。

「芝居を書くとは、それほどまでに難しいことなのか」

「大変だから悩んでいるのよ。考えすぎて、もう何も出てきやしねぇや」

「それはまた、何故に」

「決まってらぁな。ネタが尽きちまったのさ」

「そんなことはあるまい。さまざまな事件を昔のことと置き換えれば、話など幾らでも作れるはずだ」

「へっ。他の書き手だったら、そうするだろうな」

うそぶく俵蔵は、相変わらずのしかめっ面。ふてぶてしくも、どこか自嘲を孕んだ口調だった。

「あいにくだがな、ご浪人さん。俺ぁ学ってやつがねぇもんで、時代物は若え頃から不得手《ふえて》なんだよ。恥ずかしながらこの歳になっても、世話物《せわもの》しか書けやしねぇのさ」

どうやら本音であるらしい。

うなずきながら、家斉は続けて問いかける。

「ところで世話物とは何だ、俵蔵」

「おいおい。まさか将軍や大名じゃあるめぇし、今日びの侍のくせに歌舞伎も観たことがねぇのかい？」

「あいにくと昔、池に落ちて頭を打ってから世間知らずなのでな。まだ、市中の諸相《しょそう》に慣れておらぬ」

「あははは、なんだそりゃ。てめぇで言ってりゃ世話ねぇや」

「はははは……」

笑いを合わせつつ、家斉は話を切り出した。

「どうだ俵蔵、話の種を遣わそうか」

「何だって？　この俺が、世間知らずのお前さんからネタをもらうのか？」

「まぁ聞くがよい。おぬし、こんな話を存じておるか」

きょとんとする俵蔵に家斉が語ったのは、江戸城にまつわる秘事。

「大奥には開かずの間というのがあるのだが、な……」

俵蔵は黙って耳を傾けていた。

「ある夜のことだ。平川御門の方角から、大筒《おおづつ》でも撃ったかの如き轟音が聞こえて来た。翌朝になって調べてみたところ、何と分厚い扉が砕かれていたという」

「へぇぇ……そいつぁ初耳だぜ」

「さもあろう。平川御門は又の名を不浄門と申してな、上様や御台所様が亡くなられ、ご遺体を城外へ送り出す折にのみ、開かれるのだ」

「で、続きはどうなるんだい？」

「大音声《だいおんじょう》が響き渡りし翌日のことだ。大奥の宇治の間に居られた上様が、急に吐血なされて、そのまま空しゅうなられた」

「そいつぁ、たしか常憲院《じょうけんいん》——五代将軍のこったろう。だったら病なんぞじゃなくて、奥方に刺されなすったんじゃねぇのかい」

「話は終いまで聞くがいい。それからちょうど一月の後、今度は御台所が正気を失うて、同じ宇治の間にてお亡くなりになられた。奇《く》しくも上様と同じ日にな……以来、江戸城中の宇治の間は、開かずの間として封印されておる」

家斉が明かしたのは五代将軍の綱吉と、御台所の鷹司信子《たかつかさのぶこ》の最期にまつわる秘密。巷説《こうせつ》では嫉妬に狂った信子に刺し殺されたことになっているため、世間の噂に通じた俵蔵も仕事がら、そう思い込んでいたのだろう。

「お前さんはご城中に詳しいんだなぁ。どうして、そんな大事《おおごと》まで知っているんだい？」

「何のことはない。大奥で御使番《おつかいばん》をしている腰元に知り合いがおるのだ」

家斉はさりげなくごまかした。

「まぁ良いではないか。遠慮せずに飲《や》ってくれ」

「すまねぇ」

俵蔵は酌を受け、一息で飲み干す。ふてぶてしい態度は鳴りを潜め、素直な面持ちになっていた。

「ちょいと待ってくんな」

家斉に断りを入れると、乾した杯を飯台に置く。懐から取り出したのは矢立《やたて》と帳面。綱吉の死にまつわる逸話を書き留める筆の運びは、たどたどしくも力強いものだった。

「なぁ。お前さん、他にも知ってる話はあるんじゃねぇのか」

「聞きたいのか、おぬし」

家斉は上手く乗せられた振りをした。

「これも昔日のことだが、な……大奥の腰元が、謎の自害をいたした」

「謎って、どういうこったい」

「誰にも思い当たる節はなかったそうだが、部屋を与えられた奥女中が次々に変死を遂げたとなれば、尋常ではあるまい」

「そいつぁ祟《たた》りってやつじゃねぇのかい。ぶるるっ、震えが来るなぁ」

怖がりながらも俵蔵は興味津々。この手の話がとりわけ好きらしい。

「御城中でも件《くだん》の腰元の霊の仕業ではないかと噂が立ったが、事の真相は未《いま》だ分からず……その部屋は空いて久しく、今や物置だ」

家斉の話はとめどなかった。話せば話すほどに、どんどん出てくる。俵蔵にしてみれば、これほど重宝な相手はいない。

「もっと聞かせてくれよ、なぁ」

「左様……されば、何を話そうか」

そうは言ったものの、家斉は困っていた。

もはや手持ちのネタが無い。江戸城には怪談に限らず、もっと興味深い話が伝わっているはずだが、家斉もすべて知っているわけではなかった。

言葉に詰まっていると、一人の女が入ってきた。俵蔵を迎えに現れた、妻のお吉である。

「お菊ちゃん、いつもすまないね」

「いいのよ、お吉さん」

にこやかにお菊は答える。

「今日は楽しいお酒だったんですよ。こちらのお仲間とご一緒されて」

「へぇ、珍しい……この無愛想が、お金《あし》も無いのに」

醒めた口ぶりでつぶやきつつ、お吉は夫を見やる。

「こちらのご浪人がたに馳走になった。お前からもお礼を言ってくれ」

亭主関白を装っても、ぎこちない。そんな夫と目を合わせることなく、お吉は家斉と右衛門に向き直る。

「お振る舞いくだすったそうで、ありがとうございます。こんな亭主でございますが、向後《こうご》も何卒よしなにお願い申し上げます」

二人に向かって深々と頭を下げる物腰は柔らかい。それでいて俵蔵に帰宅を促す態度はきつかった。

「さぁお前さん、帰りますよ。まったく」

「うん」

俵蔵はしぶしぶ席を立つ。

「今日はすまなかったな。続きを聞かせてもらえるのを楽しみにしているぜ」

「承知」

「そういえば、お前さんがたの名前をまだ聞いてなかったな」

「拙者はのび吉。この者は右衛門と申す」

「のび吉さんと右衛門さんか。今日はありがとうよ」

俵蔵は一礼し、お吉と共に出て行った。

その姿を見送ると、家斉はお菊に問いかける。

「あの男、この店によく参るのか」

「独り身でいらした頃からご贔屓にしていただいてます。このところ思う通りのお芝居が書けないって、飲んだくれてばかりでしたけど……今夜は昔の俵蔵さんに戻ったみたいで、また良いお芝居を書いてくれる気がします。きっと」

笑顔で答えると、お菊は板場に戻って行く。家斉たちで客は最後。そろそろ後片づけを始める時分である。

「良かったなぁ、お菊」

板場で笑う店の親爺は、お菊の実の父。父娘揃って、若い頃から俵蔵の修業ぶりを見守ってきたのだ。喜ぶのも当然だろう。

二人の語らいを邪魔せぬように縄のれんを潜り、家斉と右衛門は煮売屋を後にした。

家斉の表情は晴れやかだった。

「なぁ右衛門、あの俵蔵に、ひとつ良い芝居を書いてもらおうではないか」

「は?」

「まだ話の種は足りておるまい。これからもネタを集めてやろうぞ」

「それはまた、如何なるお考えでありますか?」

右衛門は戸惑った声を上げる。

俵蔵との熱が入ったやり取りにも、面食らっていた。

今宵の家斉は、いつになく饒舌《じょうぜつ》で一生懸命。一介の芝居書きに武士、しかも征夷大将軍が付き合う理由など何も無い。あまつさえ、台本書きの手伝いまでするとは何事か。そんな疑問に対する、家斉の答えは明快だった。

「歌舞伎は民にとっては欠かせぬ楽しみ。ならば役者の見た目ばかり際立つのではない力作を見せつけ、見る者どもの心を奮わせてやろうではないか。そのために、余は手を貸したいのだ」

「成る程、それはよろしゅうございますな」

右衛門はようやく得心《とくしん》した。家斉は俵蔵に乗せられ、将軍家の恥になりかねない秘密を明かしたわけではなかったのだ。俵蔵をその気にさせ、役者の見目形の良さではなく、芝居としての面白さで注目される歌舞伎を書かせたい——そこまで考えて俵蔵の相手をするつもりでいるのなら、否やはない。

合意する一方で、右衛門には先ほどから気がかりなことがあった。

「ところで上様、常憲院様のご最期でありますが……」

「わかっておる。俵蔵に言うたのは、余の作り話だ。ちと気を惹いてやろうと怪談仕立てにしてやったのだ」

「そうでありましたか」

右衛門は安堵する。

ちゃっかりネタを得ようとした玄人《くろうと》の作家を騙すとは、家斉の語りも大したものだが、それも欲得抜きで協力しようと思えばこそ。たとえ話の一部が事実と異なっていても俵蔵の刺激になってくれれば問題ないし、昔のことでも有りのままを明かすのは将軍家の恥。適当にぼやかし、どこか真実味さえ感じさせられれば、それでいい。家斉はそこまで考えを巡らせていたのである。

この様子ならば、好きにさせても大丈夫。右衛門は、そう確信していた。

「これが今の余の成すべきことのような気がする。酔狂が過ぎるかな」

「よろしいではありませぬか、悩める有為の徒を救わんがためのご酔狂、大いに結構にございましょうぞ」

名誉挽回決闘劇はないにしても、なぜか今の家斉が頼もしく思えた右衛門であった。

三

翌日の午後、家斉は中食もそこそこに大奥へ渡った。

今日は大した公務も無い。いつもであれば城から抜け出すところだが、今の家斉は俵蔵に話の種を提供するため、大奥じゅうを聞き回るので頭が一杯。

そんな思惑を知らない女たちは、右往左往の大騒ぎ。

御台所のただ子も例外ではなく、取り急ぎ支度を調え、化粧も念入りに家斉を迎えようとする様はしおらしい。久しぶりに昼間から夫と二人きりになれるとあって、期待を抱かずにいられなかったからである。このところ遠のいていた歓心が戻ってくれれば、嬉しい限りだ。

胸をふくらませ、ただ子は家斉と対面した。

しずしずと顔を上げるや、告げられたのは思わぬ言葉。

「なぁただ子、何ぞ大奥で奇なることはないか」

「は?」

いきなりの色気無き問いかけに、ただ子は面食う。

「奇なることとは何でありますか、上様」

「何でも良いのだ、余の知らぬ、大奥での奇妙なこと、恐ろしきことが有らば教えてくれ。頼むぞ！」

「はぁ……」

困惑しながらも、ただ子は答える。

「せっかくの仰せにございますが、私の存じておる限り、大奥内にそのようなことはございませぬ」

「まことに無いと申すのか？　おなごの戦いがあるであろう？　余の取り合い事でもよい。教えてくれ！」

自惚《うぬぼ》れる家斉。

「全くもって、有りませぬ。興味本位で鼻の下をお伸ばしになって、お下品にございます」

きっぱりと言い放つ、ただ子の口調はきつい。夜伽《よとぎ》の誘いとばかり思っていたのに、くだらぬことを聞かれては腹が立つのも当たり前。

「だから余はのび吉なのだ。分かった。もう良い。けち」

「え？」

家斉、勝手な言い様。ただ子は機嫌を損ねてしまったのだから、これ以上聞いても埒があくまいと考えて、すぐさま向かった先は側室たちの部屋。幾つもの座敷を順繰りに廻る様を、お付きの腰元たちは唖然《あぜん》と見ているばかりであった。

「しばらくお見えにならなかったかと思えば、お出でになられるなり奇なる話はないかとのお尋ね……解せぬことじゃ。なんです？　鼻の下をお伸ばしになって……」

「畏れながら、上様には悪い夢でも見られたのではありませぬか？　まだ目が覚めておらぬのか、お鼻のお下が伸びておられます」

どの側室も腰元も、家斉の鼻の下を馬鹿にする始末。顔を見合わせて不思議がるばかり。

どこに行っても答えは同じで誰もが口を固く閉ざし、俵蔵の興味を引きそうな話は、ついに聞き出せなかった。

「骨が折れるな……いったいどうなっておるのだ？　しかも余の鼻の下ばかり言いおってからに！」

がっかりした家斉は、廊下に座り込んでしまった。

「いまいましきことだ。可愛げがない。どの者も、口裏を合わせたかのように黙り込みおって……？」

ふと、家斉は顔を上げた。

いつの間に現れたのか、傍らに一人の腰元が平伏している。まだ若い。色が白く、臈長《ろうた》けた美女であった。見覚えのない顔だが、ちょうど良い。

「これ」

「何でございまするか、上様」

平伏したまま、腰元は答える。家斉はおもむろに問いかけた。

「そのほう、何ぞ奇なることを知らぬか?」

「存じませぬ」

「大奥勤めをしておれば、何かあるだろう。余の奪い合いとか、願わくば怖い話が良いのだが」

「それも存じておりませぬ」

「ううむ……」

叱り付ける前に、家斉は思案した。もしや、自分の尋ね方が悪いのではないか。そう思い直すや、続けて問う。

「されば訊《き》き様《よう》を変えるといたそう。大奥でいじめはなかったか?」

「それはお答えできませぬ」

「では、余の鼻の下は……」

「伸びております」

「いじめられたことはあるのか?」

「お答えできません」

なかなか手強い。誰のお付きか知らないが、口が固いのは感心なことだ。

しかし、家斉としては困ってしまう。今一度、食い下がってみた。

「答えられぬと申すのは、有っても言えないからではないか？」

「は……」

今度は図星だったらしい。腰元は微《かす》かに震えていた。

「御年寄さまに叱られます故……」

「悪いようにはいたさぬ。ひとつ話しておくれ」

優しく肩に手を置き、家斉は諭す。さすがに女の扱いは慣れたもの。しかし鼻の下はしっかり伸びていた。

「話してくれるな？」

「分かりました、くれぐれもご内密にお願いいたしまする」

「承知しておる」

「されば、申し上げまする」

腰元は重い口を開いた。

「私が初めて大奥へご奉公に上がった折のことでございます……新入りの腰元が新参《しんざん》舞《まい》というものを命じられ、裸踊りまでさせられるのをご存じですか」

「それは余も知っておる。おなご同士のことなれば、大目に見ておるがな」

「その折に、辱めを受けた同輩が居りました。ご奉公を続けるのは耐えがたく、さりとて実家にも戻れず、その夜のうちに自ら井戸に身を投げ、命を絶ったのでございまする」

「左様なことがあったのか……」

家斉は驚いた。女たちの中だけの憂さ晴らし、ほんの悪ふざけと思っていたが、死人が出たとあっては行き過ぎだ。今後は注意せねばなるまい。

「知らぬこととは申せど、余の手落ちだ。許せ」

「いえ……もったいなきお言葉を頂戴し、恐悦至極に存じまする」

「良い良い。して、他にも何か話はないか」

「はい」

腰元は涙声で、ぽつりぽつりと語ってくれた。いずれも家斉が今まで知らずにいた、ひどい話ばかりだった。

「ううむ……」

家斉は衝撃を覚えずにいられない。将軍の目を盗み、大奥の女たちは陰険な所業を繰り返していたのだ。

「う〜む、こんなにも余はもてていたのか。罪な色男だったのか。まいったことだ……」

色男ではない。色将軍だ。

この反省を活かすためにも、俵蔵に良い芝居を書かせねばなるまい。

大奥の連中にも歌舞伎の人気が根強いとなれば、いっそ好都合。表に漏れるはずのない、恥ずべき行いが芝居の中に盛り込まれ、贔屓の役者によって演じられるのを目の当たりにすれば、大いに肝を冷やすはず。厳しく注意するよりも、よほど効き目があるはずだ。

と、そこにただ子がやって来た。打掛の裾をさばき、こちらに歩み寄ってくる足の運びは速い。

「上様、そのようなところで何をしておられますのか？」

問いかける口調は先ほどにも増してきつい。若く美しい腰元と一緒のところを見咎め、嫉妬しているらしかった。

「いや、何でもない」

家斉はとぼけた顔で切り返す。

「良きおなごだったのでな、ちと話をしておっただけだ」

歌舞伎の立作者にネタを提供するため、取材をしていたと馬鹿正直に明かすわけにもいかない。どのみち勘違いしているのなら、このまま怒らせておけばいいだろう――そんな家斉の思惑に気付くことなく、ただ子は平伏した腰元に手を伸ばした。顎《あご》をつかみ、持ち上げた顔をまじまじと見る。

「ふん、どこが良きおなごじゃ」

「お、お許しを……」

「見苦しいわ、不細工め。こんな好色者で鼻の下が伸びた男なぞ、お前にくれてやろうか？　それが嫌なら下がりおれ」

「は、はいっ」

どうやら家斉を押し付けられるのが嫌だったらしく、飛脚のように腰元は逃げていった。

「ただ子！　余の正室のくせになんたる言い様《よう》！　無礼者！」

しかし、正室だからこそのきつい声が打つ。

「上様、何人の側室を持たれれば、お気が済むのですか」

ただ子は足早に歩き出す。やむなく、家斉は後に付いていった。

（まさか、こやつがいじめの張本人か……）

そうは思いたくないし、とりあえず機嫌を取らねばなるまい。座敷に戻ったところで、家斉はそっとただ子ににじり寄った。

「余が悪かった。許せ」

「………」

手を握られてもただ子は顔を背けるばかり。負けじと家斉は食い下がった。

「つれなくするでない。少し話をいたそう」

「お話しすることなど、ございませぬ」

「そちに無くとも、余には有るのだ」

「何でありますのか」

「大奥のことでなくても構わぬ故、奇なる話を知らぬか」

「また、そのことでありますか」

ただ子はふっと苦笑した。何を考えているのか知らないが、家斉は一生懸命。ここまでしつこくされれば、可愛らしいと思えてくる。だだっ子に接するかのような心持ちで、ただ子は口を開いた。

「国許のことでよろしければ、奇なる話など幾らでもありまする」

「そちの生国は薩摩《さつま》であったな」

「はい」

「九州の地ならば、伝承もさぞ多かろう。されど、そちは余と婚儀を結びし前……三歳までしか居らなんだのではなかったか？」

「国許より付いて参りし腰元たちが寝物語に、いろいろと教えてくれました」

「ほほう、例えば何であるか」

「上様には、キジムナーをご存じですか」

「きじむ……？　何じゃ、それは」

「琉球の島々に息づいておると言われる、精霊のことでありまする。みちのくの地に伝わりし座敷わらしにも似た、彼の地に住まう民にとってはごく身近なものだそうです」

「成る程な。家を栄えさせてくれるということか」

「すべては宿られし家の者たちの心がけ次第でありましょう。行いが悪ければ災厄《さいやく》をもたらすとか」

「恐いものだな」

「おなごも同じです。殿御の不実が過ぎれば、鬼にも蛇《じゃ》にもなりますぞ」

「そう申すな。よしよし」

そっと肩を抱き寄せ、家斉は微笑む。と、ただ子は思わぬことを言い出した。

「ところで上様、先ほどの腰元なのですが」

「何だ、せっかくの気分を削《そ》ぐでない」

「申し訳ありませぬ。されど、どうにも気になりまして……」

「そちもくどいな。嫉妬も大概にせよ」

「焼きもちとは違いまする」

「何じゃ、早う申せ」

「あの腰元、一度も顔を見た覚えがないのです」

「新参者ならば、知らずとも無理はあるまい。余も初めて見る顔だ」

「おかしいとは思われませぬか。町人あがりの御末《おすえ》には私どもが知らぬ者とて多うございましょうが、あの者の身なりはしかるべき旗本の娘。目通りを省くことなど有り得ませぬ」

「ううむ、たしかに面妖《めんよう》だな」

「……かつて自害いたした娘が、化けて出たのでありましょうか？」

「ば、馬鹿を申すでない」

もしや、あの若い腰元は自分の身の上を家斉に語ったのか。新参舞で裸踊りをさせられた恥辱に耐えかね、井戸に身を投げて命を絶ったというのは友人の話ではなく、己自身のことだったのではあるまいか――。

「上様っ」

ただ子がしがみついてきた。

「お、悪寒がしてたまりませぬ。上様を押し付けてやると言うた祟りでありましょうか……押し付けられるのがあまりにも嫌で」

「は？　なんだそれは、考えすぎだ。気をしっかり持て」

叱り付けつつ、家斉も息を整える。こちらも冷や汗をかいてはいるが、震えは早々に収まっていた。

怖がるよりも成仏させる方法を考えるのが先である。ただ子を落ち着かせるためにも、夜が明けたら坊主を呼ばねばなるまい。その上で古株の奥女中たちを集めて叱り付け、これからは新入りの娘にひどいことをしないように釘を刺すことも必要だろう。

気を失ったただ子を畳に横たえ、家斉は合掌。

「南無……」

端から見れば、さっぱり分からぬ光景。

家斉が真剣に念仏を唱えていると、人の気配がした。例の腰元が再び化けて出たわけではない。天井裏から降り立ったのは怒浦右衛門。異変を察知し、人目を忍んで駆け付けてくれたのだ。

「大事ありませぬか、上様」

「よくぞ参ったな、右衛門！　心の家臣よ！」

「昨日申し上げました通り、耳は聡《さと》うございます故……」

家斉に一礼し、右衛門はただ子の具合を診た。

「このままお休みになられても、ご心配には及びませせぬ」

「左様か。手数をかけたな」

「それにしても上様、何があったのですか」

「実はだな……」

家斉は事の次第を明かした。

「成る程。それは六年前に自害せし、お旗本の娘御でありましょう」

「まことか？」

「そろそろ命日も近《ちこ》うございまする。もとよりご実家では欠かさず供養をしておられましょうが、年忌を前にして不安なのでしょう。姿を現したと申されるのも、上様と御台様のお慈悲にすがりたい一念ではないかと」

「さもあろう。七回忌と申さば、欠かせぬ節目だからな」

たかが腰元一人と軽んじず、誠意を持って報いるべし。

これもまた、名誉挽回につながることと言えよう。大奥に来て不幸な最期を遂げた女の数など、春日局《かすがのつぼね》の頃にまでさかのぼればキリがあるまいが、家斉を将軍と見込んで現れたからには放っておけない。驕《おご》り高ぶった女狐どもに釘を刺し、愚かな真似を繰り返させぬため、不幸な女たちのことも俵蔵に書かせる必要がありそうだ。

「近々《きんきん》に湯島へ参るぞ、右衛門。そのつもりで居れ」

「心得ました。船はいつでも漕ぎ出せます故、お声をかけてくださいませ」

深々と一礼し、右衛門は去った。

ただ子は安らかに寝息を立てている。隣に横たわって添い寝をするうちに家斉も眠りに落ちたが、危惧された異変は起きずじまいだった。

四

その後も家斉は芝居のネタになりそうな話を集め、煮売屋を訪れては俵蔵に語ることを繰り返した。

話を聞き出す相手は、ただ子たちばかりではない。御側御用取次《おそばごようとりつぎ》に側衆、小姓に小納戸《こなんど》といった男の側近はもちろん、一日の勤めを終えて帰りがけの老中や若年寄を引き留め、何か面白い話はないか、余に教えよと質問責めにするのもしばしばだったが、そんなことを堅物連中に聞くのはお門違い。どの者も当惑するばかりで、収穫らしい収穫など得られなかった。

九年前に亡くなった長谷川平蔵《はせがわへいぞう》の如く、幕府の高官で世情に通じた人物など滅多にいるものではない。後に遊び人上がりの北町奉行として人気を得る遠山金四郎《とおやまきんしろう》もまだ十二歳の少年にすぎず、たとえ面識があっても家斉の役には立たなかっただろう。

こういうときに重宝するのは、やはり怒浦右衛門。

赤っ鼻の小太りでも熟練の御庭番であり、遠国御用《おんごく》と呼ばれる大名領の探索を幾度もこなし、潜入先で一度も正体を見破られずに生き延びてきた、腕利きだからだ。北は蝦夷《えぞ》から南は薩摩に至るまで渡り歩き、さまざまなことを見聞きしてきた右衛門は芝居に書いても差し支えのない話題を選び、家斉に明かしてくれた。

さすがは心の家臣。

そうやって集めた話に、俵蔵が並々ならぬ関心を寄せたのも当たり前。

今日も二人は酒を酌み交わし、嬉々として語り合う。

「ははは、そいつぁいいや！　のびさん」

俵蔵は家斉を、のびさんとまで呼ぶ仲になっていた。

「よいか？　人の営みは上下の分《ぶん》を問わぬものということだ」

縄のれんの向こうは降りしきる雨。船を駆って城を抜け出したときには小雨だったのが、早くも本降りになっていた。

せっかく雨中に出てきたのだから、どうせならば長居がしたい。右衛門が影武者を用意してくれたおかげで、家斉は心置きなく話に熱中できていた。

「ううん、のびさんは物知りだなぁ……　初めて会ったときに間抜け面なんて言っちまって、ほんとに悪かったぜ」

「良い良い。済んだことだ」

褒められた家斉はにこにこ。物語を作る玄人から感心され、大いに面目を施した気分である。

何より嬉しかったのは、親しくなるにつれて俵蔵が家斉の知らなかった江戸の諸相を語ってくれたり、歌舞伎の作者として、少しずつ本音を明かすようになってきたこと。

表からは絶えず雨音が聞こえてくる。梅雨の最中にわざわざ城下まで出向くのを家斉は苦にしていない。それほど俵蔵の話は興味深く、右衛門も余計な口を挟んでくることはなかった。

今日も俵蔵の語りは滑《なめ》らかだった。

「実を言えば、俺ぁ世話物しか書きたくないんだよ。たしかに時代物ってのはいろいろ話が作れるし、客の受けもいいんだが、何でも鎌倉の昔に置き換えて悪党退治をさせりゃいいってわけでもあるめぇ。俺は、この江戸のあちこちで起きてる事件《こと》を、もっと生々しいもんに仕立て上げて、板《いた》に乗せてぇのよ」

「ならば何故、怪談仕立てにいたさねばならぬのだ？」

「そいつぁお前さんが教えてくれた、お城の開かずの間の話と同じことさ」

「む……」

家斉は言葉に詰まった。さすがは年季の入った歌舞伎作者だ。

鋭い。

「……作り話と気付いておったのか」

「へへっ、立作者を甘く見なさんな。そんなに都合良く、常憲院と御台所様が同じ日《おんな》に亡くなるはずがねーさ。そういうことにしておかなけりゃ、上様も都合が悪いんだろ？」

余裕の口ぶりであっても、俵蔵は家斉を馬鹿にはしていない。

徳川の体面などはどうでもいい。興味があるのは真実のみ。そう思えばこそなのだろう。こちらが将軍とも知らずに良い度胸だが、その厚かましさが家斉にはむしろ好もしかった。

「まぁ、そう申すな。実を明かせば身も蓋《ふた》もなき噂なればこそ、それらしい話をでっち上げねばならぬということだ」

「それでいいのさ、のびさん。恐れながら将軍家に限らず、俺ら下々のことにしたって、有りのまんまを客に見せりゃいいってもんじゃねぇからな」

「そういうものなのか？」

「当たり前さね。世間知らずのお前さんなら何を聞いても興味深いと思うかもしれねぇが、書き手としては物足りないのよ。さむれぇだからこうする、町人だからああするって型に嵌《は》めたらそれまでで、肩書きや建て前を取《と》っ払《ぱら》ったら誰でもこうするだろうって考えなけりゃ、芝居なんぞ作れやしねぇ。それこそ何百年も先の奴らでも面白いと思ってくれるもんを、俺は書きてーのさ。まぁ難しいこったが、な」

苦笑しながらも、俵蔵の口調は明るい。

「とにかく、おかげさんで今度の話はノッてきたよ。こんなにネタがあるなら出し惜しみせず、いろいろ組み合わせることもできるしな」

「左様か。役に立って嬉しいぞ」

「よろしく頼むぜ。それじゃ、次の話を聞かせておくれよ」

「うむ。これは雪国の伝承なのだが、な……」

弾む二人のやり取りを、右衛門は複雑な心境で見守っていた。

別に俵蔵は悪い奴ではないが、少々厚かましいところが目に余る。

芝居のネタを集めさせ、話を聞くのはいい。当の家斉が名誉挽回につながることと考え、公務の合間に時間を割いて、納得ずくでやっているからだ。

それでも、多少は誠意を見せてほしい。

俵蔵は家斉と付き合い始めてから一度も飲み代を払おうとせず、いつも平気で奢《おご》らせていた。

（上様も上様だ。甘やかすにも程があろうに）

この煮売屋に限らず、町中での飲み食いは、すべて右衛門が家斉の私物を質入れしてまかなっている。分別がなかった家斉も近頃は無駄遣いを控える自覚が出てきつつあったが、俵蔵の勘定を持つのは惜しもうとしない。そんな厚意に俵蔵はすっかり味を占め、ただ飲みを決め込むのが常だった。

（こやつ、厳しゅう言うてやらねば分からぬらしいな）

いつまでも甘えさせてはおくまい。右衛門は口を挟む折を待っていた。そろそろ夜も更けてきた。二人の話が終わり、別れの挨拶を交わしたところで間髪入れずに割り込んでやるとしよう。

「もうお開きとしようかね、のびさん」

「そういたすか。されば俵蔵、また会おうぞ」

「ああ。ごちそうさん」

涼しい顔で俵蔵は立ち上がる。

今日こそはと飲み代を請求しかけた、その刹那、

「苦しゅうない。良きに計らえ」

「は……ははっ」

しかし、とっとと俵蔵は縄のれんを割り悠々と去っていく。やむなく右衛門は巾着の紐《ひも》を解《ほど》き、お菊を呼び寄せて勘定を済ませた。

「よろしいんですか、俵蔵さんをあんまり甘やかさないでくださいね」

お菊が心配そうに告げてくる。

「のび吉さんものび吉さんよ。いつも右衛門さんにおんぶに抱っこで、お勘定を持た

せてばかりじゃありませんか」

　今日は手厳しい。

「何としたのだ、お菊ちゃん？」

　家斉が不思議そうに問いかける。

「やけに右衛門の肩を持つのだな……はは一ん、惚れたな」

「知らない」

　お菊は顔を真っ赤にして、板場に駆け込む。

　葛飾北斎の娘の次に、またしても右衛門がもててしまった。しかし、右衛門なら仕方がない。

「右衛門、お似合いだぞ」

「何を申されるか、のび吉殿」

「はははは……」

　家斉は陽気に笑う。

　今日も酒が美味かった。

# 五

月日は経ち、もうすぐ六月。

梅雨明けの江戸は、両国の花火で大いに賑《にぎ》わった。

川開きの翌日、城を抜け出した家斉と右衛門は、いつもの煮売屋を訪れた。

「そろそろかな……」

「そろそろですな」

俵蔵が姿を見せるのを待ちながら、ぬる燗の酒をちびりちびり。

「何としたのだ、遅いのではないか」

「そのようですな」

お代わりを一本もらって、またしてもちびりちびり。いつになく到着が遅いのを待ちながら、家斉はすっかりほろ酔い気分。

そろそろ三本目を頼もうかという頃、俵蔵が縄のれんを潜って現れた。

「よぉ、ずいぶんお早いお着きじゃねーかい」

「そっちが遅いのだ。不届き者」

「すまねぇ、すまねぇ」

ムッとする右衛門に詫びつつ、席に着く。

「さーてお二人さん、今日は前祝いだ。払いは俺がぜんぶ持つからよ、酒も肴もじゃんじゃん頼んでくんな」

「無理をいたさずとも良いのだぞ、俵蔵。勘定ならば任せておけ」

「いいんだよ、のびさん。ほら、右衛門さんもグッと飲みねぇ」

俵蔵がご機嫌なのは、新作の前評判が上々のため。

六月から河原崎《かわらさき》座で幕が上がる『天竺徳兵衛韓噺《てんじくとくべえいこくばなし》』は、家斉と右衛門が密かに手伝って完成に至った一作。人形浄瑠璃を基にした台本がなかなか進まずに悩んでいた最中、家斉と出会って刺激を受け、旧来の内容に囚《とら》われることなく数々のネタを盛り込んで出来上がった。

尾上松助が扮する主人公の天徳こと徳兵衛を妖術使いに仕立て上げ、巨大な蝦蟇《がま》に乗せる荒業を披露させようと決めたのは、実は御庭番頭であると明かし、忍びの者の立場から右衛門が与えた助言を反映してのこと。ちなみに大道具としてこしらえた蝦蟇は、家斉が江戸城の蓮池《はすいけ》で捕獲し、俵蔵に提供した本物が原型。

「いやー驚いたよ、のびさん。よくもまぁ、あんなにでっかい蛙がいたもんだねぇ。

河原崎座の大道具方もいい生き手本になった、腕の振るい甲斐がありましたって言ってたよ」

「うむ。生け捕りにいたすのに苦労したぞ」

褒められて家斉は上機嫌。

(やれやれ。逃がさぬように追い込んだのは、我ら御庭番衆であるのにな……)

自慢話を聞かされながら、右衛門は渋い顔。

ともあれ、家斉ともども手を貸した芝居の前評判がいいのは喜ばしい。この調子で大当たりを取れば、俵蔵は立作者として地位を固め、今後は好きな題材を選ぶことが許される。そのときは念願の怪談物を思い切り書くこともできるのだろうが、まずは評判倒れに終わらぬよう、新作を大入り満員にしなくてはなるまい。こんなところで酒を飲んでいる暇があるのなら、客を集める策でも考えるべきではないのか。

と、俵蔵は思わぬことを言い出した。

「のびさん、右衛門さん。お前さんがたを見込んで、頼みがあるんだ」

「何なりと申してみよ」

家斉は気軽に請け合った。

「答えるのは話を聞いてからにせよ、のび吉殿」

右衛門はやんわりと釘を刺す。

そんな二人に、俵蔵は笑みを絶やさず言った。

「お前さんがた、噂を流してくれねぇか」

「噂とな？　なんの噂だ？　まさかそちが男好きだとか？」

「ぷ」

右衛門、何故かすっきり。

「な、なんだいそりゃぁ！　歌舞伎にかまかけてよしとくれよ！　今度の芝居に出てくる天竺徳兵衛はキリシタンの術の使い手だって、お江戸の隅々まで触れ廻ってほしいのさ」

「何故に、左様なことをいたすのだ」

「客を呼ぶために決まってるさね。刷りもんを配ったり貼ったりしたんじゃ銭が飛ぶばっかりだが、こんだけの噂をばらまきゃ、きっと評判が評判を呼んで人が集まるに違いねぇ。もちろん、お二人さんに礼は弾むぜ」

「礼など要《い》らぬが、キリシタンは御法度《ごはっと》ぞ。そんな噂を流しても構わぬのか」

「大丈夫さ、のびさん。時が経ちゃ、偽りだって分かるこった」

「そうだな」

家斉はうなずいた。

「承知した。そのほうのために一役買おう」

「の、のび吉殿」

右衛門は案じ顔。

まだ一人では町も歩けぬ家斉に、噂を流すことなどできるのか。

そんな不安を覚えていたら、ぽんと肩を叩かれた。

「任せたぞ、右衛門」

「え？」

「俵蔵の話を詳しゅう聞いて、望み通りにしてつかわせ。怒浦右衛門、そちは何でも望みを叶えられる特技がある」

「はぁ……また拙者ですか」

勝手なことばかり言われても、相手は将軍。

逆らうわけにはいかなかった。

ささやかな祝宴は、程なくお開きとなった。

「いやー、すっかり馳走になったな俵蔵。これ右衛門、どうして先程から黙り込んでおる？　そのほうも礼を申さぬか」

「……かたじけない」

「礼にゃ及ばねぇよ右衛門さん。こっちこそよろしく頼んだぜ」

二人を見送ったその足で、俵蔵が向かったのは京橋の先の木挽《こびき》町――通称は芝居町。江戸三座《さんざ》の伝統を受け継ぐ、歌舞伎の一大興行地。

河原崎座の幟はためく芝居小屋の奥にある、座頭《ざがしら》部屋で待っていたのは尾上松助。今年六十一歳になる、熟練の歌舞伎役者。松助の還暦興行のため、俵蔵は『天竺徳兵衛韓噺』を書き下ろしたのだ。

「お待たせしてすみやせん、座頭」

「やぁ俵蔵さん、読ませてもらいましたよ。いや、実に面白い趣向だ。まさかこの歳になって早変わりをする羽目になるとは、思ってもみませんでした」

「大丈夫でござんすか」

「ちょいと難しいだろうが、やってやれぬことはないでしょう」

品よく笑みを返し、松助は胸を張って見せる。

「よろしくお頼みいたしやす。尾上松助の天徳なら、きっと大受けするこってござんしょう」

「それはお互い様というもの。俵蔵さんの名も売れるはずです」

「へへへっ、そう願いたいもんでさ」

調子を合わせつつ、俵蔵は言った。

「ところで座頭、ひとつ考え付いたことがあるんですがね……」

膝を乗り出して語ったのは、天竺徳兵衛に扮した松助は舞台でキリシタンの妖術を使っていると噂を流し、客を集めようという企み。

「座頭に演じてもらえりゃ、ほんとの妖術に見えることは請け合いでさ。例の大蝦蟇の仕掛けも申し分ありやせんしね……こんな噂を流したところで、疑う者など誰も居りやせんよ」

「ううん……そう言ってくれるのは頼もしいこったが、御法度のキリシタンを持ち出すってのはどうですかね、俵蔵さん」

「まぁまぁ座頭。何事も人様の目を引くためでさ。世にも珍しいキリシタンの妖術が一目拝めるって触れ廻りゃ、疑いながらも観に来る奴は多いはず。そうなりゃ噂がますます噂を呼んで、大入り満員間違いなしでござんしょう」

「そう願いたいのは私も同じなんだが……うーむ」

どうしたものかと、松助は思案顔。客を集めたいのはやまやまだが、本物のキリシタンと疑われ、捕まってはたまらない。

しかし、俵蔵はあくまで前向き。

「何も気後れすることはございません。ぜんぶ作り事じゃありやせんか。お役人だって仕込みと察してくださるでしょうし、万が一にも頭の固いのに疑われたときにゃ、芝居を見せて講釈すりゃ済むこってさ。もちろんあっしも立ち会いますぜ」

「そうかい。そこまで請け合ってくれるのなら、お前さんに任せようか」

「ありがてぇ。そう言ってくださるだろうと思って、手は打ってありまさぁ」

「ほんとかい、俵蔵さん」

「動いてくれるのは、何と本職の忍びの者ですぜ」

「忍びだって？」

「ひょんなことから御庭番頭と知り合いやしてね、最初は渋っておりやしたが先ほど承知させて参りやした」

「いいのかい。上様にお仕えする人たちに、そんな真似をさせちまって」

「のびさんがいいって言っておりやすんで、大丈夫でさ」

「のびさん？」

「台本書きを手伝ってくれた、奇特なご浪人でさ。どういう付き合いなのかは教えてもらえねぇんですが、そののびさんの言うことに、御庭番頭の右衛門さんはなぜか逆らえないんで」

「ふーん、妙なお人がいるものだね。まさか、そののびさんってのはお忍び上様なんじゃ……」

「はははは、そいつぁ可笑《おか》しい」

俵蔵は爆笑した。

「座付き作者の俺だって、そんなことは思いつきやしませんよ。第一《でえいち》、あんな間抜け顔が上様のはずがありやせん」

「そうなのかい？」

「だって座頭、鼻の下が伸びてるからのび吉だなんて言われて、天下の将軍が黙ってると思いやすかい？　お城で鯉の餌やりをしていたのをお役御免にされちまった、ただの貧乏浪人でさ」

恩人のことを悪し様に言って笑う俵蔵は何ともしたたかな男。のびさんこと家斉に世話になっていながら、本音では馬鹿にしている。

宣伝のため噂を広めてもらえる運びとなったのも、のび吉が右衛門を説得し、言うことを聞かせたからこそなのに、実は感謝もしていない。まさか本当に十一代将軍であるとは知らぬまま、調子よく利用するばかりであった。

## 六

かくして『天竺徳兵衛韓噺』の初日を迎えた。

「まだか右衛門、まだなのか？」

城を抜け出した足で芝居町に直行した家斉、入りのまばらな客席に陣取って一人で張り切っていた。

幕開けを前にして、胸が躍るのも当然だろう。

あれこれ手を貸し、ついに完成するに至った芝居が、いよいよ始まるのだ。

「右衛門、あの音は何だ？」

「客を呼ぶ鳴物にございまする」

「ずいぶん賑やかなのだなぁ、能舞台とは大違いだ」

無邪気に微笑む家斉は、視るもの聴くものすべてが珍しい。芝居小屋に来たこと自体、初めてなのだ。景気よく鳴り響く三味線の音を耳にしているだけで気分が盛り上がり、わくわくする。

そんな家斉の期待をよそに、まだ幕は開いていなかった。

座頭の尾上松助を始めとする役者たちは楽屋から出てこられない。それぞれ緊張の余りに顔を強張《こわば》らせている。

いずれも経験は豊富であり、何も舞台に立つのが恐いわけではない。家斉と右衛門に流してもらった噂が災いし、幕開けと同時に役人がなだれ込んでお縄にされてしまうのではないかと、不安なのだ。

松助が扮《ふん》する天竺徳兵衛はキリシタンの妖術使いで、舞台の上で披露する術は本物という触れ込みになっていたが、そんなことがあるはずもない。すべて客を集める方便であり、策だった。

しかし鎖国下の日の本で、異教を信じるのは重罪。事実無根の噂を事実と見なされたらどうしようかと、今になって恐怖を覚えたのも無理はあるまい。

飄々《ひょうひょう》としているのは、言い出しっぺの俵蔵のみ。

「おいおい、何を怖がってるんだい？　もうすぐ幕が開くのだぜ」

「せっかくの隈取《くまど》りが剝《は》げちまうじゃねぇか。しゃきっとしな、しゃきっと」

楽屋を回って役者たちを一人一人励まし、最後に向かう先は松助の部屋。

「俵蔵さん」

「みんなお前さんを待ってるぜ、座頭」

「…………」

「大丈夫だよ。早いとこ人気を取って連日大入りにしちまえば、客はみんな俺らの味方。お役人が何を言おうとこっちのもんだ。たんまり稼いで、ぱーっと吉原で派手にやろうじゃねーか。な?」

ふっと松助は微笑んだ。

俵蔵は人たらし。松助も調子のいいことばかり言われ、乗せられているのは分かっていた。それでも還暦興行の台本を俵蔵に任せたからには、今さら文句を付けたり、気後れしてはなるまい。

見どころの早変わりも、成功させせなくてはそれこそ名折れ。

尾上松助も年を取った、これまでだなと客から言われたくなければ全力を尽くし、みんなの期待以上の出来を示すのみ。今や松助は若い頃にも増して闘志を燃やし、舞台に立とうとしていた。

そうやって俵蔵が役者たちを焚《た》き付けている頃、裏方の面々はいち早く持ち場に着いていた。

舞台の上手には黒い板の囲いが設けられ、下座《げざ》の面々が笛に三味線、大小の鼓《つづみ》や太鼓を手にしている。

役者たちが配置に付き、出囃子《でばやし》が始まる。

チントンシャンと音が鳴る。

客席では家斉が目を輝かせていた。

「いよいよですぞ、上様」

「まことか？」

「ご存分にお楽しみくだされ」

子どものような様を見て、右衛門も笑みを誘われる。

待望の芝居が始まった。

家斉の興奮は高まるばかり。

「よっ！　成田屋！　山城屋ぁ」

どこで聞きかじったのか、この芝居に出てもいない市川団十郎《いちかわだんじゅうろう》と坂田藤十郎《さかたとうじゅうろう》の屋号を家斉は叫んで大はしゃぎ。

観客は将軍が叫んでいるとは思わず、当然の如く、

「うるせーぞ、野暮天！」

「黙って観てろ、馬鹿野郎！」

家斉はそんな野次にもめげることなく、

「玉屋ー！　鍵屋ー！」

花火見物と間違ってしまうほどの大興奮。

しかし、ふざけてばかりいたわけではない。

「見事なものだなぁ」

家斉は男から女へ、また男へと早変わりする松助に感心する一方で、いつ着替えたのか分からず、しきりに首をひねっている。

他の客も家斉に野次を飛ばすのを忘れ、みんな舞台に見入っていた。

楽しい時は経つのも早い。

終わってみれば賛美の嵐。家斉も圧倒されていた。

「右衛門よ、凄いものを観たなぁ……」

「いやはや、眼福にございました」

幕が下りても二人の興奮は醒めやらない。

家斉と右衛門だけではなかった。客はまばらなはずなのに桟敷《さじき》から枡席《ますせき》まで喝采に満ち溢《あふ》れ、小屋じゅうを揺るがさんばかり。

「いやー、キリシタンの妖術なんて初めてお目にかかったよ」

「松助も大したもんだな。いつの間にあんな技を覚えたのかね？」

「そこはおめぇ、年は取っても名題《なだい》役者だ。人様の知らねぇところで精進していたに違いねぇ。楽日《らくび》までにもう一遍、足を運んでみようぜ」

誰もが目を輝かせ、河原崎座を後にする。この様子であれば、明日から客足も増えることだろう。

「良かった、良かった。余が合力《ごうりき》した甲斐もあったというものだ」

「あのー上様、それがしのこともお忘れなきよう……」

「分かっておる。大儀であったな、右衛門」

「ははーっ。有難きお言葉にございまする」

笑みを交わしつつ、家斎と右衛門は楽屋へ向かう。

芝居小屋の裏に廻り、楽屋新道《じんみち》と呼ばれる通路に入る。

中では役者衆から裏方まで、一座の面々が嬉々としていた。

俵蔵が満面の笑みで出てくる。

「やぁ、お二人さん。遠慮しねぇで上がってくんな」

広間には仕出しの料理が運び込まれ、酒盛りを始めるところだった。

「俵蔵、大儀であったぞ。この出来ならば明日から大入り間違いなしだ」

「へっ、当たり前さね」

「ははは、そう来なくては面白くないぞ」

「ありがとうよ、のびさん。右衛門さんにも世話になったなぁ」

俵蔵は車座の一角に二人を座らせ、自ら角樽《つのだる》を持ってくる。

「さっそく祝い酒と行こうかね。もちろん俺の奢《おご》りだよ」

「当たり前だ。労をねぎらいに参ったのに、いつもの如く勘定を持たされてはかなわぬ」

「へっへっへっ、今日は嫌味は言いっこなしだ……おっと、一杯やる前に座頭を引き合わせねぇとな」

酒の樽を置き、俵蔵が連れてきたのは尾上松助。舞台に立った姿より小柄な、品のいい老人であった。

「これはこれは、のび吉様と右衛門様ですね。俵蔵さんから話はかねがね聞いております。一方ならぬお世話になったそうで、ありがとうございます」

「何の、何の。名題役者と間近に接し、こちらこそ嬉しい限りだ」

「ほっほっほっ。板を降りれば、ただの人ですよ」

家斉を前にして、松助は品よく高笑い。まさか相手が十一代将軍とは思ってもいない。続いて右衛門も挨拶を交わすうちに、一同に酒が行き渡った。

ぐるりと皆を見渡し、俵蔵は声も高らかに一言。

「さぁみんな、存分にやってくんな！」

「へいっ！」

気勢が上がる中、家斉も高々と杯を掲げる。風が通らぬ広間で汗だくになりながら、自分が将軍であることをしばし忘れ、車座の人々と一体になって喜びを共にしていた。

（よろしゅうございましたなぁ、上様）

見守る右衛門も感無量。

またひとつ、名誉挽回のために一仕事終えた気分であった。

しかし、そうは問屋は卸さない。

思惑通り評判を取ったものの、世の中は好事魔《こうじま》多し。

災いの種となったのは俵蔵に頼まれ、江戸市中に広めた噂。舞台の上で松助が披露するのはキリシタンの妖術とでっち上げた話に尾ひれが付き、町奉行所が乗り出したのだ。

松助に掛けられた嫌疑は容易に晴れず、終いには松助が縄でつながれたまま役人衆の前で芝居をし、すべて舞台の仕掛けにすぎないと証明しようと試みたものの無駄だった。

そこで家斉は老中を動かし、密かに松助を無罪放免させた。

俵蔵を始め、河原崎座の人々は知らないことである。

「座頭、よくぞご無事で」

「ありがとうよ。みんな……」

長かった牢暮らしの疲れをものともせずに、松助は微笑む。ねぎらう一同もホッと安堵の思いを噛み締めていた。

「ところで俵蔵さん、解せぬことがあるんだが」

「何ですかい、座頭」

「お役人衆はどうして私を解き放つのか、訳が分からぬ様子だったんだよ」

「お役人も分からない？　そいつぁ、どういうこってす」

「私が知るはずもないだろう。ただひとつ、お奉行さまからお達しがあったとだけ言ってたっけ」

「そいつぁ何よりにござんしたが、一体、どこのどなたのお指図だったんですかねえ」

「そりゃご老中か、その上となると……」

「まさか、上様が座頭を助けてくれたってんですかい？」

「ははは、まぁいいさ、ともあれ無罪放免になったんだから」

誰一人、まさかのび吉が家斉とは気付きもしなかった。


この一件が更なる評判を呼び、客の数は増えに増えた。

だが、一難去ってまた一難。俵蔵と河原崎座は、思わぬ連中に狙われた。

「な、何だ、てめぇら！」

「静かにせい、不届き者め」

上演中に裏から忍び込み、俵蔵を連れ去ったのは、隠れキリシタンの一団。くだらぬ芝居に客を集めるために神の御名を利用し、冒瀆《ぼうとく》するのは許せない。血をもって、罪をあがなわせるつもりだった。


白昼の凶事から数刻の後。煮売屋ではお菊が右衛門に頼み込んでいた。

「お願い！　俵蔵さんを助けてあげて！」

取りすがる表情は真剣そのもの。家斉には目も向けない。世間知らずで気がいい浪人なのは分かっていても、まさかこういうときに頼りになるとは思ってもいないのだ。

「待ってよぉ、右衛門さん!」

追いすがるお菊に救出を約することなく、二人は店を出た。

すでに日は暮れ、辺りは暗い。家斉は黙ったまま、先に立って歩を進める。十中八九、俵蔵に呆《あき》れているのだろう。そう思う右衛門自身、助けに走る気はなかった。お菊には気の毒だが、たびたび救いの手を差し伸べるのは考えもの。御禁制の異教とはいえ神を軽んじて災いを招くとは、愚かにも程がある。

さすがの家斉も愛想が尽きて当たり前。

気遣いつつ、右衛門は後に続く。

と、家斉の歩みがぴたりと止まった。

「右衛門、そのほうは先に城へ戻れ」

「上様?」

「取り急ぎ配下の衆に申し付け、俵蔵の連れ去られし先を一刻も早う突き止めさせよ。芝居町には別の一隊を配し、松助までかどわかされぬように警固《けいご》するのを忘れるでないぞ」

「されば、上様は俵蔵のために……」

「当たり前だ。余が一肌脱ぐより他にあるまい」

「あやつの愚行に呆れ返り、先ほどから黙っておられたのではないのですか」

「違うわ、阿呆め。余はもとよりその気であったのだ。にも拘わらず、お菊はそのほうばかり頼りおって……まったく！　可愛らしいくせに男を見る目の無い娘だ」

ぷんぷんしながらも、家斉は敢然と進みゆく。

右衛門が察した通り、すべて俵蔵の身から出た錆《さ》びである。

それでも今まで手を貸してきた以上、死なせたくはない。

俵蔵には歌舞伎の未来を担う力がある。怖がりな家斉に怪談話を好む心境は分からぬが、庶民の新たな楽しみになるのであれば後押ししてやりたい。これも名誉挽回につながると思い、やり遂げねばなるまい。

(今少しの辛抱だ、俵蔵。腕に覚えの技を振るうて、必ずや助けてやるぞ。さすればお菊ちゃんも余に惚れ直すというものだ……ふっふっふっふっ)

闘志を燃やしながらも、余計なことまで考えるのは相変わらずだった。

隠れキリシタンの根城は、千住《せんじゅ》の廃寺。住職もいなくなった荒れ寺には祭壇が設けられ、老若男女が密かに集まって祈りを捧げる。俵蔵を拉致した浪人たちは、いよいよ血祭りに上げるところだった。

と、そこに読者には聞き覚えのある台詞。

「一つ、人としてこの世に生を受け……」

妙にもごもごした声ではあるが、どうやら家斉、登場する際の決め台詞としたようだ。

「な、何奴!?」

浪人たちの目に飛び込んだ家斉は多くの民衆に顔を見られたくないため、手拭いでほっかむりをしていた。

異教であっても、むやみに弾圧してはなるまいと家斉は思う。だが根城を突き止めた御庭番衆の知らせによると、浪人一味は信仰を利用し、幕府を倒すため、信者から金を集めることしか頭に無い。そんな奴らを野放しにはしておけない——。

家斉は、いい気になって乗り込んだものの、相変わらず、誰からも将軍とは思われていなかった。

信者たちは口々に言った。

「引っ込め、ひょっとこ野郎！」

「デウスさまがお怒りになられるぞ！」

「その顔はなんだ！　生まれたことを懺悔《ざんげ》しろ！」

ガ――――ン

今までで一番ひどい愚弄《ぐろう》。しかも手拭いでほっかむりをしているのに……。

手拭いを外したらと思うと……もう考えたくない。

信者の面々は口々に家斉を攻め立てるばかりか浪人の盾となり、じりじり迫っていた。

（うぬっ、ついでに助けてやろうというのに……）

焦る家斉の耳に、どろろんろんと響く音。

遅れて駆け付けた右衛門が、大蝦蟇変化の術を使ったのだ。

「うわっ、あれは何だ」

「て、天竺徳兵衛……」

驚きの余り、信者たちは浮き足立つ。

こうなれば、こっちのものだ。

さすが右衛門、抜かりがない。思わぬ大蝦蟇の出現で浪人どもが動揺した隙を突き、跳びかかって続けざまに当て身を喰らわせた相手は信者たち。

「うっ!?」

「わあっ」

信者がばたばたと倒れ伏す。

家斉はもちろん右衛門も、好きこのんで危害を加えるつもりはない。しばし大人しくなってくれれば、それでいいのだ。

慌てたのは浪人ども。盾にするつもりだった信者を失神させられては、守りが薄くなってしまう。

「邪魔するな！」

「そやつから先にやれ、斬れ！」

しかし、右衛門は手練の忍び。

剣を取っては強者揃いの浪人集団を翻弄し、付け入る隙を与えない。

それでいて、一人でやっつけてはしまわなかった。

主君であり、今や友にもなりつつある家斉の出番を奪ってはなるまい。俵蔵の身柄を確保した後は思う存分、暴れてもらおうと考えていた。

（今こそお腕前を発揮し、名誉挽回なさる好機でありますぞ、上様！）

「おのれ！」

右衛門の期待に違わず、家斉は浪人どもを相手取る。

「くたばれっ」

怒号をあげつつ殺到するのを一人ずつ、冷静にさばいていく。

連続して、軽やかな金属音が上がった。

続けて迫る凶刃を右から左、左から右へ家斉が受け流しているのだ。

「うぬっ……」

「こやつ、強いぞ！」

動揺を隠せぬ浪人どもは、ますます不利になっていく。

ついに、最後の信者が当て身を喰らって気を失う。

「のび吉殿！　もはや遠慮は無用にござる！」

「うむ！」

家斉は闘志を燃やし、すっと刀を構え直す。

刀を高々と頭上に振りかぶり、見返す視線は鋭い。

柳生新陰流、雷刀《らいとう》の構えである。

「ヤッ！　トォー！」

家斉は気合い一閃、続けざまに浪人どもへ見舞うは峰打《みね》ち。体に届く寸前に刀身を反転させ、峰で軽く打つにとどめる高等技術。やられた相手は斬られたと思いこみ、そのまま失神してしまう。

「安心せい、峰打ちじゃ」

うそぶく口調は余裕たっぷり。さすがは武家の棟梁、征夷大将軍。ただの色好みなオットセイではなかった。

俵蔵はまだ気を失っていた。

「いかがいたしまするか、上様」

「放っておけ。本物の天徳が助けてくれたとでも思わせておけばいい」

右衛門に一言告げて、家斉は歩き出す。

気が付くのを待ち受けて、恩を着せる気など毛頭ない。

生きながらえた俵蔵は、おどろおどろしくも人の心を揺さぶる新作を、これから世に送り出すことだろう。役者の見た目にしか興味を抱かぬ、若い娘たちは気味悪がるかもしれないが、中にはお菊のような理解者もいるはず。

それにあの可愛い娘は俵蔵に対し、ほのかな想いさえ抱いている。なればこそ家斉に一つも頼らず、確実に強そうな右衛門にのみ助けを乞うたのだろう。

当てにならないと見なされたのは口惜しいが、それでもいい。

「ふっ、人知れず事を為すのは良きものだな」

月明かりの下、家斉は千住大橋を渡りゆく。

俵蔵の新作はその後も立て続けに評判を呼び、長かった下積みの時期を経て押しも押されもせぬ歌舞伎の立作者になり、そして四世鶴屋《つるや》南北《なんぼく》を襲名するに至るのだが、その陰で家斉の功績が大きかったことを誰も知らない。

「ひょっとこ野郎か……」

と、つぶやきながら一人寂しく歩いていく。

橋の下では、先回りした右衛門が船を泊めて待っていた。

「上様……」

将軍の戻りを待つ、心の家臣の表情は優しかった。

名誉挽回劇は甘くはないと、徐々に成長をみせる家斉だった。

# 第三章　南町奉行　根岸鎮衛

## 一

再び家斉と右衛門は、日本橋北に来ていた。

ここから歩いて日本橋駿河町にある、質屋の徳丸屋へ向かう。そろそろ何か銭に換えておこうと、徳川葵の紋入りの杯を右衛門は持参していた。

「なあ、右衛門。駿河町まで結構遠いな」

「は、もう少しでございます上様」

「質入れはそちに任せて、余はこの辺りで出店《でみせ》でも見物していようかな」

「上様に何かあっては困りまする。ご辛抱くださいませ」

「余は昨日の公務で疲れておる。おぶってくれ、右衛門」

「はあ……」

右衛門は仕方なく、家斉をおんぶした。さすがに重いが、家斉を一人にしておけば余計なことをするかもしれないので、背負って歩くしかない。

そんな二人の後をつける男がいた。

蜆売りの又吉である。

「見つけたぞ、右衛門め……」

又吉はこの機会を狙っていた。阿呆ののび吉に将軍の物を盗み出させては質屋に持ち込んで銭に換え、右衛門は美味しい思いをしているに違いないと踏んでいた。役人に御用になれば、捕まるのは気の毒なのび吉のみ。そうはさせまいと正義に駆られ、又吉は二人の後をつけていた。

「待ってろよのび吉。おいらがほんとのことを暴いて、盗人なんかから足を洗わせてやるぜ。右衛門の野郎がお縄になったら、おいらの蜆を採る手伝いをして暮らせばいい……そのくらいのことなら、あの馬鹿でもできるだろう」

勘違いした又吉に尾行されているとは知らず、家斉は右衛門の背中で寝てしまった。

「お父上……」

寝言を言っている。子どもに返り、元父の治済におんぶされている夢でも見ているのか。もうすぐ徳丸屋だった。

「上様、徳丸屋に着きましたぞ」

「う〜ん……眠たいのう」

と言われても、大の男を背負ったまま質屋に入るわけにはいかない。右衛門は徳丸屋の軒下で家斉を下ろし、ここで待つように言った。

又吉は右衛門を待つのび吉に見つからぬよう、少し離れて見ていた。

「右衛門の野郎、今日は何を質入れしようってんだ？」

程なく、右衛門は徳丸屋から出てきた。

「お待たせいたしました」

「ん……いくらになったのだ右衛門」

「ざっと三両にございます」

「そうか、飯は食えるな」

「十分に」

「ふああ〜。では、まず飯を食うか」

「はい」

「また、飯屋まで担いで行ってくれ右衛門」

「までございまするか？」

家斉はムッとし、

「余の身になって考えよ。昨夜も宴であまり眠っておらぬのだ！」

「はいはい、承知いたしました」

だったら城中で横になっていればいいものを……と思いながら、よっこらせと右衛門は家斉を再び背負う。食べ物屋が並ぶところを目指し、ゆっくりと歩き始めた。

引き続き、又吉は後をつけていく。

少し離れていたので、先ほどのやり取りはよく聞き取れなかった。そこで又吉は想像を巡らせ、このような解釈をしていた。

（そうか、のび吉は殿様が寝ている隙に盗みを働いててあんなに眠そうにしているんだな……。それにしても許せねぇのは右衛門よ。危ねぇ橋を渡らせたのび吉に分け前を与えるわけでもなく、飯くらいで誤魔化すってわけか）

又吉は怒りに任せ、ずかずかと徳丸屋に入っていった。

「徳さん！　今、右衛門は何を持ってきた？」

「おお、どうした又吉。あの旦那なら、今日はなんと徳川様のご家紋が入った、漆塗《うるし》りの杯を持ってきなすったよ」

「そうかい、ありがとよ徳さん」

又吉はとっとと徳丸屋を出た。

「なんだい忙《せわ》しい。茶くらい飲んでいけばいいものを……」

店主は首をかしげた。

「まだ遠くには行っちゃいるめぇ」

又吉は二人を再び追いかけた。右衛門とのび吉の不可解な行動は、江戸の町でも少々噂になっていた。

(浜町の屋台蕎麦の女将だって、あいつらのことは気味悪がってんだ。汚ねぇ浪人のくせに払いはいつも一両小判、どんだけ懐具合がいいんだろうってな……あ、いたいた)

家斉を背負って歩く右衛門の後ろ姿を目にした又吉、見つからぬように身を隠しながら慎重に後をつけていく。

(こっちの読みがあたってりゃぁ、右衛門はとんでもねぇ大泥棒だ。なんたって城の庭番頭のくせに、役目払いされた阿呆を使って、殿様のお宝を盗んでいるんだかんな。捕まったら罪もさぞ重いこったろうが、何も知らず手先にされてたのび吉まで、きつい咎めを受けることはあるめぇ。とにかく許せねぇのは右衛門よ。覚悟しやがれ！）

そんなことを又吉に疑われているとも知らず、右衛門は家斉を背負って歩き、飯屋の前までやってきた。

「上様、飯処に着きました」

「う〜ん」

家斉は右衛門から下り、二人して飯屋に入っていく。

（仕方あるめぇ。腰を据えるとしようかい）

又吉は気を永くして外で待つ。右衛門が怪しい行動をとったら、岡っ引きを呼びに走るつもりだった。阿呆面ののび吉が右衛門の罪を着せられ、一生を牢屋で過ごすことになるのを救うために。

「のび吉……てめぇはろくすっぽ銭なんかもらってねぇくせして、おいらに羽織をくれてしまうくらいのお人よしだかんな。待ってろよ、これ以上、右衛門の野郎に悪さをさせられないように助けてやっからよ」

つぶやく口調は力強い。あののび吉が十一代将軍その人とは思いもよらず、又吉は義理人情の赴くままに動いていた。

「浅蜊丼《あさりどん》を二つ」

「あいよ」

何も知らぬ右衛門は、深川名物の浅蜊丼を注文した。

「右衛門、浅蜊丼とは？」

「は、大川で採れる活きのいい浅蜊をとき卵と一緒に、出汁で煮込んで飯にかけたものでございます」

「美味そうだなぁ」

「町では評判の店にございます。しかとご堪能ください」

「う〜ん、店じゅうに出汁のいい匂いがしておるな。城で食べる食事と違うて、温かそうだのう。窮屈でなく、くつろげるのも良い」

なるほど評判になるはずだ、と素直に感心し、家斉はきょろきょろと店の中を見回す。

そんな家斉のしぐさを見て、右衛門は勘違い。

（上様、また女を見ている……）

「おまち」

浅蜊丼が運ばれてきた。家斉はがつがつと頬張る。

「美味い、美味い！」

「美味いでござるな！」

「うむ、江戸の町の食べ物は最高じゃ！　何を食っても美味い」

「そうでありましょう。大名に豪商と日の本の食通たちが集まっておりますからな。同好の士で、美食の会なども催しておるそうです」

「そんなものがあるのか？　余も出てみたいぞ」

言葉を交わしつつ、二人はあっという間に浅蜊丼を平らげた。歯に挟まった浅蜊を家斉は楊枝でつっつく。そんなしぐさも近頃は板に付いてきた。

「ところで上様……」

「なんだ」

「念のために申しますが、町娘にだけはお手をつけるのをお控えくださいませ」

「なんだ、またその話か！」

「真面目にお聞きください。それがしは上様が江戸の民に、色だオットセイだと噂されているのを挽回するため、こうしてご一緒させていただいておりまする。間違っても、上様が側室を増やされるのをお手伝いしているわけではございません」

「分かっておるわ！　誰がそんなことを申し付けたか！」

家斉は大声をあげた。

「お静かに。客が驚いてございます」

「そちがしつこいからだ」

「何もなく申し上げているわけではございません。なんだかんだと言いながら、上様の目はちょこちょこと町の女たちを物色しておられます」

「また余を色将軍扱いか」

「いえ、俵蔵の通う店でも、しっかりと女を眺めておられましたので……お菊ちゃんだけならば大目にも見ますが、それがしは心配でなりませぬ」

「馬鹿者！　濡れ衣だ！　しかもお菊はお前のほうに！」

「お静かに。そうですかねぇ……それならばよろしいのですが」

「なんだ、その疑いの目は。右衛門、何が言いたい？」

「いえ、何事もお気をつけくださいと申し上げているだけでございまする。とりわけ色事は名誉挽回どころか、恥にしかなりませぬ」

「お前、ただ子が乗り移っておるのではないか？」

「いいえ」

「とにもかくにも、余には側室も十分におる。つい先頃も諸星信邦《もろほしのぶくに》にしつこく頼まれ、お屋知《やち》を側室に迎えたばかりだ。くどい妄想は下品だぞ右衛門。実はそのほうこそ、おなごに飢えておるのではないか？」

「滅相もございません。いつも御用御用で、色気どころではありませぬ。こうしてお供をいたすのも実を申せば一苦労。上様と違うて、暇など一切ございません」

カチ――ン
「余が暇とな。上等だ右衛門、表に出るがいい！」

下品な想像ばかりでものを言う右衛門の、頭のひとつも叩いてやる、とカッとなった家斉は右衛門の首根っこを引っ掴む。逆らわず、右衛門はされるがままに表に出た。

「やれやれ、やっと出てきたか……」

又吉はまだそこにいた。

見張られていたとも気づかずに、家斉は怒り心頭。一方の右衛門はあくまで冷静。

「上様、店の前では迷惑ですので、もう少し離れたところに参りませんと……」

「よし、あっちでお仕置きだ右衛門！」

「上様をお諌《いさ》め申し上げただけにございます」

「黙れ！」

言い合いながら二人は店から離れていく。

しかし、店の亭主は勘違い。大慌てで外に出てきて、大声を張り上げた。

「食い逃げだ～～～っ！」

食い逃げ？

思わず、二人とも走り出す。

「その浪人二人が食い逃げだ――！　誰か捕まえてくれ――！」

（ったく！　質入れした銭を持ってるくせに、食い逃げまでしてんのか！）

又吉はさらに勘違い。亭主と一緒に二人の後を追いかけ始める。一方、走りながら家斉は首をかしげていた。

「う、右衛門、何故に逃げなくてはいかんのだ？」

「条件反射でございます」

「条件反射？」

とりあえず二人は走り続けた。

「食い逃げだ――っ」

後ろから飯屋の亭主と、何故か又吉が追いかけてくる。

食事を中座するのは、そんなに悪いことなのか。

不作法なことには違いないが、ここまで追いつめられるとは思わなかった。

「右衛門、みっともないから早う銭を払え！　民がみんなして見ておるぞ！」

「は」

二人とも立ち止まった、そのとき。

「おらっ、大人しくしやがれい！」

「こいつ、ふてぇ野郎だ！」

横から跳びかかった男たちに顔を押さえつけられ、腕を後ろに回されてしまった。

「もう逃げられやしねぇぞ！　観念しろ！」

家斉は焦る。

「痛いぞ！　馬鹿者！　無礼者！」

右衛門も身動きを封じられていた。

「のび吉殿……いたたた」

（まずい。自身番に捕まった）

先に捕まった家斉が引っ立てられていくのを目の当たりにして、右衛門は息をのんだ。

二

家斉と右衛門は、すぐ近くの自身番所まで連れて行かれた。飯屋の亭主、そして又吉も同行させられた。

「どういうことだ、何故に又吉まで……」

「ずっとつけていたようでございます」

小声で語り合うのも許されない。

どん！

自身番が、いらついて机を叩く。

「おい、二人とも聞いてんのか！　銭を払うつもりだったってんなら、どうして逃げた？」

家斉と右衛門が口々に答える。

「だから、ものの弾みだと言っておるだろう、この馬鹿者が」

「左様」

自身番は聞く耳など持ってない。

二人が連れ込まれた自身番とは、今でいう交番のようなもの。捕らえた悪人を町奉行所に引き渡すまで一時留め置くこともできる。飯屋の亭主と又吉は、奥で事情を聞かれている様子。

とっちめる気満々で、自身番が問う。

「お前ら見かけねぇ面だよなぁ。ふだんは何をやってんだ？　のび吉だったか、そっちの間抜け面から答えてみろぃ」

「無礼者。余は……江戸城の鯉に餌をやっていて足を滑らせ、頭を打ってから、こうして町をぶらぶらしておる」

「で、右衛門とやらは？」

「拙者はのび吉の世話係だ」

「するってぇと、お前らは二人してお城でご奉公してたんだな」

「…………」

「…………」

まずい。

調べられたら、鯉の餌やり係にのび吉などという者が居たことはなく、自分が御庭番頭であるのも分かってしまう。

かくなる上は、と右衛門は意を決した。

「お許しください！　二度とこのようなことはいたしません！　お見逃しを！」

恥も外聞もなく、土下座をしても効き目はない。

自身番は同情するどころか、大声を上げて問いつめた。

「土下座するってことは、食い逃げしたのを認めるんだな！」

「いや……それは、その……」

「はっきりしろぃ！」

しどろもどろになっている右衛門を見かねて、家斉は言った。

「おい、土下座までしておるのだから見逃してやったらどうだ？　銭は払うつもりだったと言っておるだろうが」

すると自身番、

「のび吉、何を人ごとみたいにとぼけてんだ？　間抜け面の馬鹿は引っ込んでろ！」

カチ――ン
「貴様……余に向かって間抜け面の馬鹿は引っ込んでろとは何たる侮辱！　お前こそその顔は何だ！　猿が二、三発張り手をくらったような顔をしおって！」

猿が張り手？

「ぷ……」

右衛門はつい噴き出してしまった。

「おめーら、ぜんぜん反省してねぇようだな……」

そこに飯屋の亭主と又吉から事情を聴いた、もう一人の自身番が、まっすぐに家斉と右衛門のところにやってきた。

首をかしげながらも、二人に問いかける口調はドスが利いていた。

「おい、お前ら汚いなりをしてる割には、随分と羽振りがいいそうじゃねぇか？」

「どういうことだ？　申してみよ」

「聞いたぜ。屋台の蕎麦屋で一両出したそうじゃねぇか？　それも二度も」

右衛門が答える。

「急いでいたので小銭を出す間がなかったのだ」

「へっ、見え透いた言い訳をしやがって」

まるで信じず、自身番は二人を上から下まで物色。

「そんな大金、何やって稼いだ？」

家斉は堂々と答えた。

「余の持っておる物を、質に入れたのだ」

「余、だと？　おめぇ、江戸城の鯉の餌付け役だったんだってな？」

「又吉に聞いたのだな？」

「お前さん、足滑らして頭打ってから、殿様気分なのか？」

「そ、そうだ」

自身番たちは大笑い。

「わははははは！」

「何が可笑しいのだ」

「ほんとのことを言ったらどうだ。右衛門に指図されて、お前はこそ泥なんだろ」

「ん？　どういう意味だ」

「右衛門は今も御庭番頭なのは調べ済み。お前が馬鹿なのをいいことに、家斉公の部屋に忍ばせてはちょこちょこと、羽織袴や杯を盗ませて質入れしていたってこった。これが本当なら、お前らはとんでもねぇ大泥棒だ！　お白洲行きで右衛門は獄門。のび吉、お前は頭患いの情状酌量で死ぬまで牢屋暮らしだ！」

右衛門は悟った。

（なるほど。又吉はそう疑って後をつけていたのか……）

しかし家斉、

「なに？　この大馬鹿者め！　そこまで余を侮辱して、ただで済むとは思うなよ！

白洲行きはお前らだ！　覚悟せい！」

家斉は根も葉もない誤解を受け、興奮している。

「の、のび吉殿……」

「止めるな右衛門！　自身番風情が！　こうしてくれるわ！」

ぺちっ！

家斉は二人の頭を叩いてしまった。

右衛門、目の前が真っ暗。

「この野郎！　よくも叩いたな！」

「のび吉、お前こそただじゃ済まねぇぞ！」

自身番たちは激怒した。

そこに聞こえてきたのは馬蹄《ばてい》の響き。

馬に乗った与力とお付きの同心がやって来たのだ。月に一回の見回りの最中だ。

（ま、益々まずい……）

右衛門はもう気が動転して倒れそうだった。

（気絶したい……）

心の底から、そう思った。

「何を騒いでおる！」

与力は馬に乗ったまま、出てきた自身番に訪ねた。

「は！　この浪人を装った二人は食い逃げ犯でございます。町の衆からは窃盗の疑いがあるとの申し出もございました」

「食い逃げに窃盗か……して、何処で盗みを働いたのだ？　まさか武家屋敷などではあるまいな？　ここのところ、どうも武家屋敷狙いの盗賊が増えておる。まさかお前ら二人が……」

自身番の一人は一呼吸おいて、

「違います与力様。それが、この二人が盗みを働いているのは江戸城でございます」

与力はびっくり。

「江戸城？　こ奴らが江戸城に？」

「はい。まったく認めようとはいたしませぬが、徳川様の御家紋入りの袴や羽織、杯まで質に入れております。質屋の徳丸屋からも事情を聞きだし、動かぬ証拠の品々も拝見済みでございます」

「何？　将軍家斉公のお召し物や杯を？　こ奴らが作り出した偽物ではないのか？　物はよく調べたのか！」

「はい、間違いなどございません。羽織袴も杯も正真正銘、すべて本物でございました」

「うーむ……」

与力も同心も、じろじろと家斉と右衛門を物色。とてもそんな大それたことをしでかすようには見えない、間抜けっぽい二人に驚くばかり。

与力が言った。

「しかしお城に入るには、相当にご城中に詳しく、そして知恵も術も必要だ。この赤鼻の男と抜け面の男が、そんなことをするようには見えぬが……」

カチ――ン
（この与力までが……　余を抜け面扱い……）

家斉は腹が立ち過ぎて、思わず、

「こうしてくれるわ！」

ばしっ！

なんと、与力が乗っている馬の尻を思いっきり引っ叩いてしまった。

ひひひ――――ん！

びっくりした馬は、与力を乗せたまま走りだしてしまった。

「うわ――――っ！」

と、与力は叫ぶ。

「与力風情め！　ざまぁ見ろ！」

馬上で慌てふためく与力の背中を見て、家斉は得意げ。しかも腰に手をやりながら、

「わははは！　余を馬鹿にした罰だ！　お仕置きだ！　なぁ、右衛門」

右衛門は……本当に気絶してしまっていた。

「あれ？　右衛門？　はて右衛門が白目をむいて倒れてしまった……！」

「こ、この、頭患いが……！　ひっ捕らえぃ！」

同心は、家斉と倒れている右衛門に縄をかけた。

## 三

ここは数寄屋橋。江戸城の外堀に架かる橋を渡り、警戒も物々しい数寄屋橋御門を潜ると南町奉行所は目の前だ。

家斉と、顔に水をかけられて目を覚ました右衛門は無理やり数寄屋橋を渡らされ、御門を潜らせられた。護送中に逃げ出そうにもがんじがらめに縛り上げられ、自身番所へ応援に差し向けられた小者たちが周囲をがっちり固めていたので、どうにもならなかった。

「右衛門、悪かった。どうやらやり過ぎたようだ」

「はい……」

「奉行の名は……はて、誰だったかな？」

「根岸鎮衛《ねぎししずもり》様にございます……」

「根岸か……町奉行の顔など碌《ろく》に覚えておらぬが、はて、どんな男だったかのう……」

「はい。老齢の名奉行にございます」

「ほう」

「あの方は、六十は疾《と》うに過ぎておられまするが、なかなかの切れ者にて……」

と、右衛門は頭をはたかれた。

止めようとした家斉も、ぐんと縄を引っ張られる。

「二人とも黙れ！　とっとと歩け」

逆らうこともできず、二人は中へと連れ込まれる。

初めて足を踏み入れた奉行所の雰囲気は重々しい。罪を裁く場所である上に、役人は誰も将軍家斉の顔を知らないからだ。家斉の顔が分かるのは、奉行の根岸鎮衛だけ。ここは人払いをしてもらい、奉行とサシで話し、なんとか家斉が名誉挽回劇を続けることを納得させるしかないと右衛門は考えていた。自分が罰を受けることも覚悟していた。

長い廊下を渡り、奥にある奉行の部屋の前まで来た。

連絡が行っていたらしく、お付きの内《うち》与力たちが廊下で待機している。

「失礼いたしまする！　怒浦右衛門と、のび吉と名乗る男を連れて参りました！」

「入れ」

なんとも重々しい、根岸鎮衛の声。

「失礼致します！」

二人は恐る恐る、鎮衛の前に出た。人払いをしてもらうまで、騒いだところでどうにもならない。座らされた家斉は逆らわず、頭を床にこすりつけてお辞儀をした。

「二人とも、面を上げよ」

鎮衛は言った。

右衛門は従ったが、家斉は躊躇《ちゅうちょ》した。

とりあえず、先に面を上げた右衛門に鎮衛は尋ねた。

「おぬしの名は？」

「怒浦右衛門でございます」

「怒浦右衛門で間違いないのだな？」

「はい」

「日頃は何をやっているのか」

恐らくは、すでに調べ済みなのだろう。そう感じ取った右衛門は、

「恐れ多くも、江戸城の御庭番頭を務めさせていただいておりまする」

そう言って、改めて深々と頭を下げた。

黙ってうなずき、鎮衛は家斉に視線を向ける。

「今一度申し付ける。のび吉とやら、面を上げよ」

内与力の一人が怒鳴った。

「のび吉、お奉行に顔を見せよ！」

家斉は渋々と面を上げた。

家斉は鎮衛の目を真っすぐに見た。やはり名奉行と言われるだけあって、風格と気

品を兼ね備え、数々の功績を積みながら齢《よわい》を重ねてきたことが見て分かる。ふだん接している老中たちとはまた違ったその佇《たたず》まいに、家斉は緊張した。

鎮衛は、じっと家斉を見る。

しばし、沈黙が走った。

この顔は、この顔は、見覚えが。

はて、誰だったか……。

やがて、鎮衛の顔色がみるみる変わっていく。

「う、う、上……」

すかさず小声で右衛門は、

「お奉行、お人払いを！」

右衛門の目配せしながらの言葉に鎮衛はすぐ反応し、

「こ、この者らは儂《わし》の顔見知りやもしれぬ。直々に取り調べをいたす故、皆、早々に出ていくがよい！」

「大事ありませぬか？」

内与力は不安げだったが、鎮衛は問答無用。

「何かあればすぐに呼ぶ。皆、出ていけ！」

「ははっ」

慌てて全員が部屋を出た。

一人残った鎮衛は、動揺を隠しきれない。薄汚れた浪人の姿で罪人の疑いをかけられて連行された自分の主君、徳川家斉に戸惑うばかりであった。


部屋の障子はすべて閉められた。

「上様、お久しぶりでございます」

鎮衛は深々と平伏した。

家斉を上座に着かせ、臣下の礼を取った上のことである。

脇に座った右衛門は、鎮衛に深く頭を下げた。

一方の家斉は、いつになく神妙な顔。鎮衛がすすめた脇息《きょうそく》はもちろん座布団も使おうとせず、きちんと膝を揃えて座っていた。

「根岸よ。よしなに頼む」

「何故に、そのようなお姿で町中に……」

「右衛門、根岸に話してやってくれ」

「は」

真剣に耳を傾ける鎮衛に、ここに至るまでの経緯を右衛門は淡々と話した。

家斉の町中での評判、自分が名誉挽回劇のお供になったこと、銭が必要なため家斉の物をたびたび質に入れたこと、葛飾北斎に関わったこと、鶴屋南北に関わったこと、そして家斉の心構えなど――。

一連のことを聞いて、鎮衛は黙り込んだ。

鎮衛と家斉、そして右衛門の間に、しばしの沈黙が続く。

鎮衛の判断はいかに。

二人は鎮衛が口を開くのを待つしかなかった。

「う――む」

目を閉じて考える、鎮衛の顔は真剣。

これはただならぬことである。

日の本最高位の男が供を一人だけ従えて民の目を欺き、好き勝手に町を歩き廻って悪党を見つけて成敗したり、民衆と交わって声を聞いたり仲良くしたりする。しかし考えが甘かったため、町奉行所に運ばれてきてしまった、この二人。

さて、なんと意見したら良いものか。鎮衛は考え込んだ。

長い沈黙。

やっとのことで、鎮衛は言葉を絞り出す。

「……畏れ多くも上様におかれましては、前代の我が主君……今は亡き家治《いえはる》様より、切にご期待をかけられていたはずです。違いますかな」

それを言われると辛い家斉。

「うむ」

「では上様、家治様の、将軍七つの心得を覚えておいでですか？」

「も、もちろんだ」

「では、お聞かせくださいませ」

家斉は深呼吸。

「よし、よく聞け。根岸よ」

「はい」

家斉は意を決し、堂々と声を張り上げた。

「一つ、人としてこの世に生を受け……。二つ、不敵の日の本を……。三つ、見渡す将軍は……」

なんとか家斉が覚えていてくれたことに、右衛門は安心した。

しかし、まだ先がある。

見守る鎮衛の表情は厳しい。

たちまち家斉は緊張し、しどろもどろになってくる。

「四つ、世のため人のため……。五つ……えっと……五つ……」

鎮衛は詰め寄る。

「五つ目はなんです？　上様」

右衛門ははらはら。

「五つ目は……」

家斉は焦る。

考え込む。

出てこない。

もう、破れかぶれ。

「五つ目は……　そう、五つ目は……」

ずいと鎮衛がにじり寄る。

「さあ！　上様！　いかに！」

家斉は開き直った。

「五つ！　いっぱい側室を！　だったかな？」

なんてことを……。右衛門は顔真っ赤。

鎮衛は怒り顔で、怒濤《どとう》の説教を始めた。

「上様は畏れ多くも東照大権現……家康様から数え奉って十一代目の徳川将軍、日の本を統《す》べられしお立場にございますぞ。征夷大将軍と申さば武家の棟梁、六十余州にあまねく目を光らせて下克上を許さず、世の安寧《あんねい》を護るのがお役目のはず。それを何ですか、斯様《かよう》にみすぼらしき身なりをなされ、事もあろうに葵の御紋の品々を質入れさせて工面した銭で飲み食いに興じ、町絵師や歌舞伎作者に大盤振る舞いして悦に入るとは……え？　大した散財はしておらぬと？　額など問題ではありませぬ！　畏れ多くも将軍家代々の品々を臆面もなく質草になされし、その腐りきった根性が何だと申し上げておるのです！　それに怒浦も怒浦じゃ、むやみに金策をいたし、何不自由なく過ごさせたは上様の徳をかえって損ねることにつながる所業であると、何故に分からぬのだ？　貧すれば鈍するとは俗人に限ってのこと。徳川将軍ならば、嚢中《のうちゅう》無一文であっても身の内から自ずとにじみ出る徳に周囲が感じ入り、あれこれと世話を焼いてくれたであろう。それを試すことこそ、真の名誉挽回劇と思わぬのですか？　え？　好き勝手に無礼な口を叩くな？　そう来られるのなら上様、どうぞご存分にお申し開きをなされませ！　おやおや、よほどお腹立ちなのですな。しかし、そんなところでひっくり返って、鼻糞をほじっておるどころではございませぬぞ……もう勘弁してくれ？　ええい、情けない……しかし拙者は怒浦とは違いますので、甘やかしはいたしませぬ。嫌と言うほど、ご存分に苦言を呈しつかまつりましょう。そも、将軍七つの心得とは幼くして将軍家のご養子となられ、畏れながら乱暴者であられた上様のお心を鎮めるためにと亡き家治様が夜を徹し、考えに考え抜かれた、ありがたきお言葉と聞き及んでおりまするぞ。斯くも大事な心得をあっさりとお忘れになられ、口にするのも恥ずかしきお間違いをなさるようでは、家治様も草葉の陰で泣いておられましょう。あー、情けない情けない。よくお聞きくだされ。上様が江戸市中において数々の愚行に及び、心ならずも奉行所にお迎えいたしたとあっては、拙者もあの世で合わせる顔がございませぬ。家治様だけでも申し訳が立たぬと申しますのに、家康様に秀忠《ひでただ》様、家光《いえみつ》様……ううっ、気を失ってしまいたい気分にござる。まったく！　老い先短き身にこの上なき不安の種を押し付けるとは、何ということをしてくれたのですか！　は？　拙者は僭越《せんえつ》ながら亡き家治様のご心中を汲《く》み取らせていただき、誰もが申し上げにくきことを謹んで申しておるだけにございまするぞ。この耐えがたき心の内をお分かりいただけずして、何が名誉挽回ですか？　先ほどよりお話を承っておれば、人助けなどほんの少々、手慰み程度になされただけ。後はほとんど怒浦めを付き従わせ、脳天気に市中のあちこちで遊び回っていただけではありませぬか。そも、上様は我ら直参のご主君でありましょう？　その自覚なくして何が将軍ですか、何が世のため人のためですか⁉　くだらないお遊びも、いい加減になされませ！」

「ううっ……」

こんこんと鎮衛に説教され、追い込まれた家斉は、もうどうしていいものか分からなくなっていた。

「根岸よ、そのほうの言いたいことは良く分かった。だが、余は決して遊んでおるのではないぞ！　民から馬鹿にされ、時にはひょっとこ野郎だ、生まれてきたことを懺悔しろだのと罵倒され、忍耐と試練の連続であった！　そのほうが思うておるような、決して甘いものではない！　そのような辱しめを受けても、御父上のお言葉通り、世のため人のためになりたいのじゃ！」

しかし鎮衛は、更にきつい一言。

「お言葉ですが上様、先ほども申し上げた通り、家治様の教えをあっさりお間違いになられるようでは話になりませぬぞ。それに何の自覚も無く、いい格好をなさりたいがために七つの心得をうそぶいておられるようでは、我が主君として恥にございまする！」

カチ――――ン

鎮衛は思わず言いすぎた。

見ると家斉の顔は真っ赤。

どうしよう、と右衛門の顔を見て、目配せで助けを求めた。

すると家斉。

「ふふふ……よくもだらだらと説教してくれたな……根岸鎮衛よ……余がどれほどの男か知りたいか……？」

家斉の目は血走っていた。薄ら笑いもしている。なんだか恐い。

鎮衛は思わず後ずさった。

「は、はい、上様。知りとうございまする……」

「では、よ～～く見ておるが良い。誰も手を出すなよ……」

「はい、う、上様……」

そのとき、家斉は懐に隠しておいた小《こ》脇差を抜き放つ。

「余は、日の本最高の武士じゃ！　将軍だ！　責任をとって切腹いたす！」

ぎゃ～～、と叫びたかったが声が出ない。

鎮衛は心の臓が止まりそうだった。

未熟者でも将軍は将軍。自分の放った一言で切腹などされたら前代未聞の大惨事。

理由が理由にせよ、歴史に恥を残すことになってしまう。しかも、鎮衛の責任で——。

家斉はあぐらをかき、胸と腹を出している。目こそつぶっているが本気だった。

信じたくない光景。

「よいか根岸。余が切腹の暁には、この心の家臣、怒浦右衛門を解き放ち、そのほうの力で出世をさせよ。少なくとも勘定奉行にすると誓え……」

「う、上様」

「命じることは今一つある。余の介錯《かいしゃく》は、そのほうがいたせ」

「ご無体な……」

「いざ！」

将軍の首を斬る？

鎮衛は吐き気と目まいがしてきた。

こんなことを命じられた町奉行、聞いたことがない。

今にも倒れそうな鎮衛に構わず、家斉は脇差をぐっと握る。

刹那。

パシ———ン

高く鳴ったのは家斉の頰。右衛門が張り手を喰らわせたのだ。

それを見た鎮衛。

「あ……あ……」

言葉も出ず、もはや失神寸前。

御庭番頭が将軍に、天下の家斉公に思い切り張り手とは。

今、目の前で何が起こっているのか。頭の中は大混乱。

もはや正気を失いそうだった。

そんな鎮衛のことなど、もはや二人は眼中にない。

鍛えに鍛えた右衛門の張り手によろめきながらも、家斉は言い放つ。

「止めるな右衛門！　余は責任をとる！　余は武士、それも武家の棟梁であるぞ！」

すると右衛門、

「この、馬鹿将軍!!　いい加減になされい!!」

すると怒るどころか、

「う、右衛門よ……」

叩かれた頰を押さえ、じっと右衛門を見上げる。

「上様、よくお聞きくだされ！」

鎮衛は唖然。

この赤っ鼻、何と毅然《きぜん》としているのか。

右衛門は言う。

「私めがこれまで上様に付いてきましたのは、未熟ながらも上様のお志の高さに共感いたしたからでございまする！　これまで、のんびりと生きておられた上様が、私めがお耳に入れた民の噂で奮起され、民のために、そして徳川の御為に、名誉を挽回せんとするお気持ちになられたこと、そしてそのお供に畏れ多くも、私めが選ばれしことが誉《ほま》れにございました！　それなのに……それなのに、まだ町に出てから日も浅いと申すに、たかがこればかりの失態でお命を粗末になされるようでは、なんのためにこの怒浦右衛門、これまで命をかけて上様をお守りしてきたのか！　上様には、まだまだ日の本のため、民のために、学んでいただきたいことが山ほどございまする！よって、こたびの不始末の責は、この怒浦右衛門がとりまする故、どうかお奉行、お許しくださいませ！」

そう言って右衛門は、鎮衛に深く深く頭を下げた。すると家斉は、

「根岸よ！　余は……余は、この怒浦右衛門という心の家臣のお陰で、これまでの挽回劇を乗り越えてきた。余の我がままにもことごとく応じて、余に足りないことを教

えてくれて、そして一生懸命に守ってくれて……そして今も、こうして余の代わりとなって、命を救ってくれようとしている！」

家斉は泣いていた。

「そんな余の大切な家臣であり……友であり……同志である怒浦右衛門を、まさか刑に処するわけがあるまいな？」

鎮衛は静かに答えた。

「もちろん、上様の御計らいによって刑は軽う済ませまする……」

「軽くても駄目だ！　そのようなことをしたら、余は……余は……」

鎮衛は家斉の言葉を待つ。右衛門も固唾《かたず》を飲んだまま動けずにいた。

「余は……なんです？　上様」

「余は……将軍の座を誰かに譲り、右衛門が牢から出てくるのをひたすら待ち続け、そしてまた江戸の町を二人で歩き、町の民の声を聞き、そして彼らと働き、共に助け合い、余の……余の護るべき日の本を、外国のどこにも負けない、素晴らしい国にしていきたい！」

「上様……」

鎮衛と右衛門は同時に言った。

右衛門の目にも涙が。そして鎮衛の目頭も熱くなっていた。

家斉はすすり泣く。

「うっ……うっ……右衛門を刑に処したら……鎮衛、そのほうを徳川家は先祖代々で呪う……覚悟しろ！」

鎮衛はふ――、と息を吐いた。

（これがご幼少のみぎりに小さき生き物を虐《いじ》めては、元お父上の治済様に拳骨をされていた豊千代君か。これが町で噂の我がまま将軍、金食い虫将軍なのか……。民の声を聞き、共に働きたいなどと訴え、そしてご自分の家臣のために泣く。なんと怒浦右衛門のお陰でご立派になられたことか……）

鎮衛は言う。

「上様、徳川家ご先祖代々に呪われるなど、考えたくもございません」

「ならばどうする、根岸よ」

「では！」

「では……？」

鎮衛は深呼吸ひとつ。

「しかと聞け。そのほうらに判決を申し渡す！」

家斉と右衛門はぎょっとした。

二人ともごくりと唾を飲んだ。

「のび吉！　またの名は官位右近衛大将《うこんえのだいしょう》、またの名は征夷大将軍徳川家斉公と江戸城庭番頭、怒浦右衛門に告ぐ！　そのほうらに、江戸城中にてひと月の謹慎を申し渡す！　謹慎の間、のび吉は江戸八百八町の成り立ちを学ぶことを命ず！　師は怒浦右衛門なり！」

家斉と右衛門は顔を見合わせた。

そしてこの南町奉行、根岸鎮衛の寛大な判決に喜び、固く抱き合った。

「やった、やったぞ！　右衛門！」

「はい！　上様！」

そして鎮衛はもう一言。

「上様、拙者も老骨に鞭打《むちう》ち、上様の名誉挽回劇にご協力いたしとう存じます。まだまだ町奉行の職を辞するわけには参らぬと肝に銘じました故、何かお困りの際には、遠慮せずにこの鎮衛までお申し出くださいますよう」

「まことか」

家斉の顔がぱっと明るくなった。

「よろしく頼むぞ根岸よ！　そのほうの配下どもに負けず悪人どもを打ち倒し、ばんばん送りこんでやるから安心しろ！　まだまだ引退するでないぞ！　わっはっはっはっ！」

「ご面倒をおかけいたしまする……」

右衛門は再び、鎮衛に深く頭を下げた。

「これにて、一件落着！」

と、言い放った鎮衛は、にやりと笑いながら背中を向け、襖の奥へと消えていった。

ほっとした家斉と右衛門。

「う、右衛門……余はもう少しで切腹するところだったぞ」

「は」

「しかも張り手を受けたのは、生まれて初めてだ」

「とんだご無礼を、お許しください……」

「よいよい。お前との絆が更に深まった。根岸の寛大さにも頭が下がる。しかもこれからは是非とも、根岸も余の後ろ盾になりたいとのこと。今後は気後れすることなく、安心してやんちゃしてこいとのことだと思う。そしてこれからの余の失態は、ばんばん根岸が揉み消すに違いない。もう岡っ引きにも怯《おび》えなくてすむな右衛門」

「は……？」

「ふふ……暴れてやるぞ、江戸の町中で！　興奮するなぁ、右衛門！」

「上様、根岸様のお計らいの解釈が間違っておりまする……興奮などなさいますな！」

「あれ、余の鼻から何かが流れてきた……」

家斉、切腹せずに危機を乗り越えた安心感と、今後の己の活躍を想像し興奮して……鼻血。

やれやれ世話が焼ける将軍だ、と右衛門は鼻血を出しながら、虫のよいことを考えている家斉をおぶって、こそこそと南町奉行所を後にした。


一方、又吉と徳丸屋の店主、飯屋の店主には、鎮衛の計らいで二人は一月の牢屋暮らしの刑に処されたことが伝わった。たいした罪にはならないという言い訳も鎮衛が考え、今後三人に町中に話を広められてもいいような内容にした。

「部屋に忍び込んでの泥棒じゃなく、殿様が捨てた外のゴミを漁って質入れしてたってことか……しかし捨ててあっても勝手に殿様の物を売ったにはかわらねぇ。とりあえず牢屋で心を入れ直してこいって。ちと気の毒だけどなぁ……」

「大丈夫だよ又吉。南のお奉行は出来たお方だ。きっと悪いようにはなさらないさ」

ぼやく又吉を慰める徳丸屋。

後に世間にかの有名な『耳袋《みみぶくろ》』という、鎮衛の遺した日記があるが、もちろん、この事件のことは載っていない。

誰にも知られてはならないし、二度とこんなことはこりごりである。

しかし、やはり鎮衛は名奉行であった。

# 第四章　上様御対面

## 一

「鉄さん！　鉄蔵さん！」

障子戸を続けざまに叩く音がする。

「うるせぇなぁ、こんな朝っぱらから誰だ……？」

鉄蔵はよろよろと立ち上がる。

明け方まで降り続いた雨も止み、晴れ渡った空は雲ひとつない。そんな好天をよそに、例によって絵を描きながら、着替えもせずに寝てしまったのだ。着流しの裾は乱れ、いつもの如く汚れたフンドシが覗いている。

お栄と庄吉は大の字に寝転がり、ぐーぐーぐーの高いびき。急ぎの仕事を夜通し手伝ってくれたのを、叩き起こすわけにもいくまい。

「ちっ、もうちっと寝かせてくれりゃいいものを……」

鉄蔵は舌打ちしながら土間に立ち、障子戸をがらりと開く。

朝一番で訪ねてきたのは、掘っ立て小屋の大家だった。

「まだ寝てたのかい鉄蔵さん、もう日は高いってのに帯はぐずぐず、フンドシは染みだらけじゃないか。私と同い年なのに、相変わらずだらしないね」

「うるせぇなぁ。いくら大家だからって、店子《たなこ》の暮らしぶりにいちいち口出しするもんじゃねーぜ。そんなに身なりをきちんとさせたけりゃ、ちっとは店賃をまけろってんだ」

「馬鹿も休み休み言いな。お前さん、幾月ためりゃ気が済むんだい？」

「おっといけねぇ、やぶ蛇だ」

大家は地主に雇われて貸家を管理し、家賃を回収するのが仕事。

取り立てをしに乗り込んできたのかと思いきや、もたらしたのは意外な知らせ。

「何？　と、殿様の呼び出しだって⁉」

「そうなんだよ。町奉行さまからのお達しでな、ご城中で存分に腕を振るってほしいんだってさ。お栄ちゃんと庄吉さんも同道させろって話だよ」

「一家で江戸城に来いってか？　じょ、冗談じゃねぇ」

鉄蔵は腰が引けた。

改まった席に呼ばれるのは、幾つになっても大嫌い。

しかも相手は征夷大将軍。

ふつうは将軍の外出先の寺などで対面するはずなのに、まさか城中に呼び出されるとは……勘弁してほしい。

「しっかりして、おとっつぁん！」

訳の分からない鉄蔵をサッと支えたのはお栄。ちょうど目を覚ましたところにもたらされた朗報を聞き付け、お栄は意外にも期待に胸をふくらませていた。

「すごい、すごいよ。上様からのお招きなんて、こいつぁ絵師の誉れってもんじゃないか。もうちっと喜んだらどうなのさ」

「だが、なんで俺を……」

将軍の命令たる以上、腹を括《くく》って登城するしかあるまい。

解せぬのは、しがない町絵師を将軍が招いた理由。

しかも家斉公といえば有名な色好みオットセイ。

恐らくは男女の秘め事を描いた春画で多少は知られた鉄蔵の評判を聞き付け、興味本位で声をかけてきたのだろうが、何とも困ったことだ。

(相手はわがまま勝手な色将軍だ。俺の絵が気に入らなきゃ、命まで取られちまうかもしれねぇ……さもなくば、いらない側室を押し付けてくるかもしれねぇし)

鉄蔵は、まさかあの「のび吉」が将軍その人とは思いもよらず、渋い顔。

そこにお栄が問いかける。

「ところでおとっつぁん、召し物はどうするのさ?」

「そりゃ、フンドシぐれぇは洗っとかないと失礼だろう」

「馬鹿だね、おとっつぁん、もちろん洗濯はしたほうがいいけど、何を着ていくのさ。あたしが言ってんのは羽織袴のことだよ」

「そんなもん、とっくの昔に質に入れて流しちまったい。お前だって知ってるだろうが?」

「困った。あたしと庄吉のも用意しなくちゃならないけど、貸し着をまとめて借りる銭なんてないし……」

「心配いらないよ、お二人さん」

溜め息を吐《つ》くのを見かね、大家が口を挟んでくる。

「お前さんたち、あたしが古着屋をやってるのを忘れたかい」

「いいのかい？」

「なーに、困ったときはお互いさまだよ、鉄蔵さん。うちの店子が上様にお目通りするとなりゃ、まさに誉れだ。店の者に支度をさせとくから、後で取りにおいで」

「すまねぇ。恩に着るぜ」

おかげで着るものの段取りはついたが、問題なのは披露する画。

さすがの色将軍も昼日中から春画を描けとは言うまいが、何を所望されるか分かったものではないし、しくじれば命に関わる。どうせならば色ぼけの目を覚まさせてやりたいが、無茶は禁物。

さて、どうしたものか――。

「仕上げは任せるぜ、お栄」

描きかけの錦絵を娘に任せ、鉄蔵は家を飛び出す。

考え込みながら歩いていると、鶏の声が聞こえてきた。

コ――コッコッコッコ
「ありゃ!?」

とさかを振り立てた鶏が一羽、通りを駆け抜けていく。

「誰かー！　捕まえとくれー！」

ぬかるみで転んだまま叫ぶのは、料理屋の下働きらしい娘。買い付けた鶏を籠に入れて運ぶ途中に足をすべらせ、逃がしてしまったのだろう。

「よしきた」

見捨てておけず、だっと鉄蔵は走り出す。

明け方まで降っていた雨のため、道は一面泥だらけ、逃げる鶏も追う鉄蔵もたちまち泥水にまみれていく。

「この野郎、おとなしくしやがれ！」

怒って走る鉄蔵の顔はまだら模様。仕事部屋にこもり、墨汁と絵の具まみれになっているときと変わらない。

鶏はまだまだ逃げていく。

鉄蔵の伸ばした手をかいくぐり、飛び込む先は長屋の路地。

「わっ、わっ」

「きゃあ」

驚く住人が倒したのは、着物を洗い張り中の板。

ここぞとばかりに鶏は走り、ぺたぺたと足跡を付けていく。

追い付いた鉄蔵は、そんな光景を前にして目を見張る。

「……こいつぁいけるぞ！」

逃がすまいと鶏を抱え、満面の笑み。

「はははは、いいことを思いついたぜ」

自信満々の鉄蔵、果たして何をするつもりか。

「へっへっへっ。さっそく描き試しといこうかい。こういう趣向なら、色好みのオットセイも目ん玉をひんむくだろうぜ」

葛飾北斎には、人を驚かせる癖があった。

江戸城で待つのがのび吉とはつゆ知らず、やる気十分の鉄蔵だった。

二

そして翌朝、鉄蔵は浜町を後にした。

掘っ立て小屋に差し向けられたのは、豪華な黒漆塗りの駕籠が三挺。

驚いた鉄蔵は、

「歩いて参りやすんでご勘弁を、お役人さま」

「何事も上様のお気遣いじゃ。ありがたくお受けせい」

大名や旗本でも身分の高い者しか用いてはならない乗物には、何と葵の御紋まで入っている。乗ってはまずいのではと辞退しても、お付きの役人は聞く耳を持たず、鉄蔵とお栄、庄吉を次々押し込む。

慣れぬ乗物に揺られて、三人は江戸城へ向かった。

「おいおい、大手御門《おおてごもん》に入《へえ》っちまったぜ……」

引き戸の隙間から表を眺め、鉄蔵も不安顔。

これは大名が登城する経路。御堀端の大名小路を経て大手門に乗り入れ、中之門《なかのもん》まで来れば、江戸城の本丸は目の前だ。

本丸御殿に通じる、中之門を護るのは大番所。鉄蔵たち三人は駕籠から降ろされ、いかめしい番士に見送られて先へ進む。ここから先は、大名といえども徒歩で移動するのが決まりだった。

門も石垣も豪壮そのもの。

さすが徳川将軍家の居城である。

「……こらっ、何をきょろきょろしてんだい？」

小声で叱るお栄をよそに、庄吉は目を輝かせる。

ふだんは無口な元婿が物珍しげにしているのを、鉄蔵は構わない。江戸城に立ち入る機会など滅多にないし、絵師としては良い経験。お付きの役人たちも家斉の気遣いなのか、咎めることなく好き勝手にさせていた。

石段を昇った先に見えてきたのは中雀門《ちゅうじゃくもん》。

この門を抜ければ、本丸御殿だ。

玄関から通り土間を抜け、一同は先へと進む。

将軍の住み処《すみか》。

城中が、また広い。

松の廊下を渡っていると、今度は鉄蔵が目を瞠《みは》った。

「隅から隅まで狩野尽くしだ……」

それにしても、肩が凝る。

「慣れねぇもんを着てると疲れるな」

小声でぼやく鉄蔵の装いは紋付き袴。大家が無料《ただ》で貸してくれたのはありがたいが寸法が合っておらず、羽織も袴も裾が短い。黒羽織は日に焼けて白茶けてしまっており、袴はつんつるてんで毛ずねがむき出し。何とも締まらぬ身なりであるが、そんな格好をしていても鉄蔵は天才絵師。

将軍の御前で腕前を披露するのに緊張はなかった。

一同は中奥に通された。

しばらくの間は三人きりで放っておかれた。

将軍が御簾《みす》の向こうにおわすのは間違いない。

そう思えば私語を交わすどころか、下げた頭を上げるのさえ憚《はばか》られる。

待つ時間が長ければ長いほど、三人は緊張してきた。

「上様まだ来ないね、おとっつぁん……」

不安げにお栄は言った。

「もうじきだろうよ」

「どんなお方なんだか……」

庄吉が言った。

「さあな……」

常識知らずで、人に頭を下げたことなど生まれて初めての鉄蔵。

そんな親に育てられたお栄と、破天荒な師匠で苦労した庄吉。

そんな三人に、御簾の向こうから告げる声。

「葛飾北斎、お栄、庄吉、上様に面《おもて》を上げよ！」

改まった口調。

そして御簾越し。

「へい」

「はい」

「あい」

三人が面を上げると、するすると御簾があがった。

煌《きら》びやかな装い。

静かに佇むその将軍は言った。

「元気にしておったか、鉄蔵、お栄、庄吉よ」

まるで会ったことがあるかのような口ぶり。

三人は、目を皿のようにして将軍家斉公の顔を見た。

「あれ?……あれは……右衛門さん……?」

将軍の横で、どかんと構える怒浦右衛門に、お栄が気づく。

そこに座るはあの、お栄が頼った赤っ鼻の怒浦右衛門。

「ってことは……」

鉄蔵、お栄はまじまじと将軍の顔を見た。

「あ、あ、あ……の……のび吉……」

「の、のび吉……さん?」

 そしてのび吉が言った。

「おとっつぁんとお栄が話していたのび吉って……上様？」

そこに佇むは紛れもない、江戸城の池の鯉に餌をやっていて、滑って頭を打ってお役目払いされたと言った、のび吉だった。

家斉が言う。

「あの時は大変だったな。しかし、今は安泰か？　絵に打ち込めておるか？」

鉄蔵の目には涙がうっすら浮かぶ。

そしてお栄も。

「は」

「はい……」

庄吉は、ただただ頭を下げるばかり。

あの時のやりとりが走馬灯のように、二人の頭に巡った。

将軍家斉公と、お付きの怒浦右衛門が、助けてくれたのだ。

三人はそう解釈した。

なるほど、のび吉の言葉遣いが可笑しいわけだ。

改めて三人は、家斉に深々と頭を下げた。

「苦しゅうない！　三人とも面を上げよ。お栄、今日ばかりは絵の具が顔についてないようだな。ん、なかなかのべっぴんだ。庄吉、二度とお栄の許を離れるでないぞ」

「はい、上様」

「鉄蔵の許もな。余の命令だぞ」

「はい。ありがたきお言葉、まことに恐縮にございます」

庄吉の目にも涙が浮かんだ。

「ん。右衛門、お前からも一言言ってやるがよい」

「ははっ」

家斉に促され、右衛門は三人に向き直る。赤っぱなを上に向け、いかめしくも真剣な面持ちだった。

「いろいろと驚かせてしもうて悪かったが、何事もそなたらのためだ。よいか鉄蔵、絵の道においては師と弟子であっても、そなたとお栄は父と娘。そして庄吉は義理の息子ではないか。厳しゅう接するばかりが能ではあるまい。上様のお慈悲に報いるためにもせいぜい仲良う暮らし、二度と離ればなれになってはならぬ」

「へい」

代表して答える、鉄蔵の顔は神妙そのもの。

もちろん、裏切る気など有りはしない。

実は将軍であるとは一言も明かすことなく、少々間抜けながら自分たち一家のために奔走し、ばらばらになった家族の絆を取り戻すために頑張ってくれたのび吉こと家斉に、今や心の底から感謝していた。

と、家斉が待ちかねた様子で言った。

「では鉄蔵、そろそろ見せてくれ」

「何をです、上様」

「決まっておろう。そのほうが持参したのは、絵の道具ではないか」

「ああ、そうでござんした」

お付きの役人に頼み、浜町の掘っ立て小屋から持ってきてもらったのは巻紙と絵の具一式、そして竹の籠。

「その籠は何だ。鰻でも持って参ったのか」

「違います上様、まぁ、ご覧になってくだせぇ」

微笑みながら鉄蔵が籠を開けると、出てきたのは一羽の鶏。

昨日の娘に事情を明かし、料理屋を営むあるじの許まで同行し、銭を払って譲り受けたのだ。庄吉と共に半日がかりで特訓した鶏は大人しく、もはや暴れ出すこともなかった。

抱き上げた鶏の足の裏に、ぺたぺた塗り付けたのは朱の絵の具。

家斉は熱心に視線を向けてくる。

(こいつぁいい)

鉄蔵はノッてきた。

抱いた左腕に力を込めつつ、空いた手で巻紙をサッと拡げる。

ただの画仙紙を丸めてきたわけではない。

「ほう……」

つぶやく家斉は興味津々。

摑みは上々と確信し、鉄蔵はほくそ笑む。

お栄に手伝わせ、藍色の絵の具で昨日のうちに描いておいたのは川模様。

鶏に上を歩かせ、その足跡で紅葉の流れる様を表現するつもりだった。

あれから幾度も稽古をさせた、鶏の錬度《れんど》は十分。

期待を裏切ることなく、本番を全うしてくれることだろう。

満を持し、鉄蔵は巻紙の端に鶏を下ろす。

すぐさま立ち上がり、端から端まで歩いて紅葉の模様を描き込み、画竜点睛《がりょうてんせい》とし
てくれるはず——だった。
しかし、鶏はぴくりともしない。
(おいおい)
鉄蔵の額には脂汗。
鉄蔵は動揺を隠せない。
後ろに座ったお栄と庄吉も二人して、どうしたらいいのか分からず慌て顔。
と、家斉の口から思わぬ一声。
「とぅーとぅーとぅーとぅー」
一同は唖然とした。
「う、上様、お戯れが過ぎますぞ!」
鉄蔵たちばかりか、右衛門も慌てていた。
何と将軍が御自ら声を発し、鶏を誘導し始めたのだから、驚くのも当たり前。
なぜ、こんなことを知っているのか。
びっくりした面々をよそに、鶏はとことこ歩き出す。
これは、家斉が得意の鷹狩りで覚えた技。

何も鶏を弓や鉄砲で狩るわけではないが、休憩するとき立ち寄る農家で好奇心を持って見ていれば、こういうことも自ずと覚える。

おかげで鉄蔵は助かった。

家斉の誘導に合わせ、サッ、サッと紙の向きを変えていく。

ぺたぺたぺた
ぺたぺたぺた
足跡が増えていくたび、川模様は動き出さんばかりに見える。

ぺたぺたぺた
なんと、川に紅葉が流れ出した。

ホッと鉄蔵は一安心。

「天晴れ、天晴れだ！　さすがは葛飾北斎！　きっとそちは、歴史に残る男ぞ」

そう言って家斉は扇子を拡げ大興奮。

鉄蔵たちを前にして、朗らかに、高らかに笑っていた。

早々に宴の支度が整えられた。

家斉が『竜田川《たつたがわ》に紅葉流るる図』と名付けた絵を飾った部屋に膳が並び、酒が運び込まれる。右衛門も同席させてのことである。

本来ならば有り得ない、格別の計らいだった。

「楽にせい。かしこまるには及ばぬぞ」

鉄蔵たちに告げる、家斉の口調は明るい。

口をほぐしてやるには、酒を飲ませてやるのが手っ取り早い。

「皆に杯を取らせよう。まずは鉄蔵じゃ、近う寄れ！」

「へ……へいっ」

鉄蔵は恐る恐る膝を進める。

もとより下戸だが、辞退するわけにはいかなかった。

将軍から直々に酒を注がれるのは、この上ない名誉。

しかも狩野派の名画が彩る部屋に、自分の絵を大事そうに飾った上でもてなしてくれたのだ。

無冠の町絵師として、末代まで誇れることと言っていい。

そう思って懸命に飲み干したものの、体は正直。

「うーい……もう駄目だ」

これも緊張が解けた反動なのか。鉄蔵は早々に酔っ払い、将軍の御前というのにぐーぐーー寝込んでしまった。

　本来ならばお手討ちものだが、家斉はご機嫌だった。

「苦しゅうない。そのまま寝かせておいてやれ」

「すみません」

　父親を介抱するお栄をよそに、庄吉が深々と頭を下げる。

「気にするには及ばぬ。鉄蔵の代わりに、そのほうらが飲むのだ」

「上様、まだ陽も高うございます。どうか程々になされませ」

　右衛門が止めても聞く耳を持とうとせず、今度はお栄と庄吉に、酒をじゃんじゃん勧め出す。

「上様、鼻まで赤くなっておりまする」

「赤っぱななならお前と同じだ」

　少々頭にくるが仕方がない。家斉は、三人に対面出来たのが本当に嬉しいのであろう。

「ん！　お栄、いつも顔を絵の具だらけにしておるので気付かなんだが、今日のそのほうは美しい。ううむ、おかめなのかと思いきや、見違えたぞ！　余の側室になるがよい！」

「ほんと？　のび……いえ、上様」

照れるお栄は満更でもない。気を入れて装いを調え、化粧をしてきた甲斐があるというもの。

将軍のび吉に褒められるのは素直に嬉しい。

すかさず右衛門。

「上様、また色将軍根性でございまするか？」

「冗談だ、冗談！　わははは！　なあ、庄吉」

庄吉は嫉妬をすることなく、家斉の酒を受けていた。

「その節は大層お世話になりました、上様。改めまして、心より御礼申し上げまする」

「この場はのび吉で構わぬぞ！」

家斉はあくまで上機嫌。

鼻に箸を差し、泥鰌《どじょう》すくいまでやる始末。庄吉もそれに続いた。

「のび吉、庄吉！　最高〜！」

お栄が楽しそうに笑い、掛け声をかけた。

城中で催される宴といえば大名や旗本、あるいは朝廷の使者を迎え、会談を兼ねた席ばかり。

町で知り合った人々と気兼ねなく、酒を酌み交わせるのは本当に楽しい。

「今日は愉快であったな、右衛門。少しは挽回できたであろう?」

眠ったままの鉄蔵を含めた三人を送り出し、家斉は満足げに言った。

なんだかんだと色々あったが、そんな家斉を見て、右衛門も感極まった。

三

「まだ一人、招かねばならぬ者が残っておる」

「南のお奉行でしたら、毎日ご登城されているはずでは……」

「馬鹿者、なぜ根岸にわざわざ馳走をしてやらねばならぬ?　根岸は十分に銭は持っておるだろうが。余がもてなしたいのは俵蔵だ」

家斉は憮然と答える。

「できれば又吉や蕎麦屋の女将、煮売屋のお菊らも呼んでやりたいが、あの者たちにまで素性を明かせば上様上様と気を遣われ、これから先は町に出にくくなる。せめて俵蔵だけでも、な」

「はぁ」

それ以上、右衛門は強く出られなかった。鉄蔵一家はともかく、なぜ俵蔵を城に招きたがるのか。

右衛門は俵蔵にあまりいい印象をもっていないため賛成できかねた。

「右衛門よ、俵蔵の生業《なりわい》は何だ？」

「河原崎座付きの歌舞伎作者にございまする」

「左様。あの男の仕事は町人に楽しみを与え、明日への活力を生み出す、余人には代え難きこと。なればこそ拐《かどわ》かされて命を落とすのを見捨てておけず、余は助けてやったのだ」

「その節はご奮闘にございましたな。この右衛門、忘れてはおりませぬ」

「だろ？　わが心の家臣よ」

鉄蔵一家の態度を見る限り、目論み通りと言っていい。

それから数日の後。

鉄蔵に続いて城中に通された勝俵蔵は、善くも悪くもちゃっかり者。

中奥《なかおく》の一室で待つ姿は肩から余計な力が抜け、表情もほぐれている。

家斉は、わざと俵蔵を待たせていた。

しかも、見張りは付けていない。

俵蔵も最初は警戒していたが、今や顔を上げ、きょろきょろと広い部屋の中を見回す始末。

鉄蔵の如く、欄間から襖まで狩野派の手で彩られた様を眺め、感服するわけではない。いちいち値踏みし、一人で悦に入るばかり。

ひとりごともいやらしい。

「へっへっへっ。将軍様のお招きに与《あずか》るたぁ、俺も出世したもんだ。これものび吉のおかげってもんだろうぜ……」

とつぶやくのはまだいいが、

「それにしても、あののび吉……鼻の下がほんとにでれっと伸びていやがって情けねぇ野郎だったよ。あれじゃ女にもてやしねぇだろうぜ」

助けてやったのに、こんなことまで口にしたのは許しがたい。

(おのれ俵蔵、さんざん無料《ただ》で飲み食いさせてやったのに！　おまけにキリシタンに酷い罵倒までされたのだ！　こんなことなら最初から名乗っておけばよかった！)

声を出せぬ分だけ表情に怒りを宿し、家斉はいきり立つ。鼻の下も必要以上に縮めていたが、唇をとんがらせるので間抜け顔。

人払いをされているとはいえ、何たる失礼無礼極まりない。

このまま御簾を上げ、こちらの正体を明かしてもいいものか。

迷っているうちに、家斉は妙な光景を見た。

(む?)

俵蔵の背後に、美しい奥女中が一人立っていた。

(はて、誰であったかな……)

当の俵蔵はまったく気づいていないが、家斉には思い当たる節がある。

(あ、あれは先だっての)

ゾ――――ッ

ただ子と二人して目撃した、大奥をさまよう女の死者の霊ではないのか。

驚きながらも、とっさに家斉は腰元の霊に手招きをしてみた。

(これこれ、俵蔵の後ろで何をしておる? こっちへ来い)

俵蔵から遠ざけるべく、幽霊に指示を出したのだ。

たとえ幽霊であっても江戸城中にとどまるからには礼を失さず、客には折り目正しく接してほしい。

まして勝手に人を選び、憑《と》りつくなど論外だろう。
(早う戻れ、戻るのだ)
家斉は繰り返し、懸命に手招きをする。
だが、幽霊は黙って首を振るばかり。
御簾の向こうからでも、自分が呼ばれているのは分かるはず。
にも拘わらず、家斉には目を向けようともしない。
あのときも、鼻の下の伸びた顔が嫌だと、とっとと逃げ出した。
幽霊といえども若い女。俵蔵のような美男が良いということなのか——。
(やはり、余の顔は懺悔するべきなのか……)
落ち込んでいる暇は無かった。
「何を打ち沈んでおられるのですか、上様」
声を低め、右衛門が告げてくる。右衛門は眉間にシワを寄せながら、
「上様、実は……俵蔵の後ろに、何かおりますぞ」
「ん?……そのほうにも、見えておるのか」
二人は顔を見合わせた。
奥女中の幽霊は何も知らぬ俵蔵の背に張り付き、頭まで撫でてやっている。

よほど気に入ったらしい。

再び家斉と右衛門は、顔を見合わせた。

「ぷ！」

放っておくか……

生意気でずる賢い俵蔵。

もはや家斉と右衛門は何もしない。

「上様？」

一応右衛門は伺いをたてた。

家斉は、この世ならぬ者から好かれ、何も知らずにいる俵蔵の姿を、じっと無言でにやにや眺めやるばかり。

見かねた右衛門が、もう一度進言する。

「やはり言うてやったほうがよろしいのではありませぬか？　少しばかり気の毒でございましょうが」

「馬鹿者め、どれほどあやつを盛り上げてやったと思うのだ。ひとつぐらいは余の業を持って帰らせてやればよい……ふふふ」

（性格が悪い……）

胸の内でつぶやきながらも、家斉に同感の右衛門だった。

家斉は俵蔵に、ありったけのもてなしをしてやった。

酒は勿論《もちろん》、腰元たちの舞いに、豪勢な馳走。

そして白牛酪を桶にいっぱい。

俵蔵は大喜び。

しかも、一時でも殿様が自分のことで必死に動いたことを誉れに思い、大はしゃぎ。

そして幽霊も大はしゃぎ……。

五十まで下積みの経験をした、この男なら念願の怪談を主に手がけるようになっても借り物ではなく、迫力を以《もっ》て書けるに違いない。何しろ本物の幽霊からも好かれているのだ。こんな作者は、他にあまりいないだろう。そう確信できたのだから、家斉も喜ばしい。

俵蔵は鉄蔵と並ぶ、江戸の宝。

これから先もより良き絵と芝居を生み出してもらえるように、礼と力を尽くして送り出したい。

「のび殿様、土産までいただいちまって申し訳ありやせん！　これを機会に、またお城に呼んでくだせぃ！　あっはっはっは」

家斉と右衛門は、

（二度と来るなよ）

そう心の中で思った。

そして、

「南無……」

去りゆく背に、家斉と右衛門は手を合わせる。

城に取り憑《つ》いていた怨念幽霊を、連れて行ってくれた俵蔵にお題目を捧げつつ、見送る二人の表情は真剣そのもの。

（おやおや、俺も偉くなったもんだなぁ）

ふっと俵蔵は微笑んだ。

（天下の徳川家斉公、あの色将軍から見送られ、おまけに拝まれるとはな……おまけに赤っぱなの御庭番頭まで手を合わせてくれるたぁ、笑えるぜ！）

笑えるのはお前である。

俵蔵は歌舞伎作者として、幕府からお墨付きを得た気分。例の奥女中の幽霊が背中にぴったり張り付き、頭を撫でているのに気づきもせず、ありったけに手を振っていた。

「上様に向かって手を振るなんて、無礼な男だ！」

右衛門がムッとした。

家斉は右衛門を宥《なだ》めた。

「怒るな怒るな。ざまあ見ろ、俵蔵め！　思うぞんぶん怪談話でも書きやがれ！　ば——か！」

やはり性格が悪い……。

しかしこの後南北は家斉の言葉通り、かの有名な『四谷怪談』を世に残した。

名誉挽回といっても、急に大きなことができるわけではない。

幕府を動かすのではなく、己独りの力で事を為す苦労を思い知らされることもしばしばだったが、持ち前の明るさでいちいち笑いを絶やさず、家斉は町に出るのを無上の楽しみとしていた。

「おーい右衛門、右衛門はおらぬか！」

「何でありますか、上様」

「明日は八つ時から暇が取れる。大奥に影武者を渡らせ、余の供をいたせ」

「ははっ」

「して、何処へ参る？」

「浜町にて蕎麦を食べ、新大橋を渡ってみてはいかがでしょうか」

「それはいい。たまには芭蕉の気分で、あの界隈で俳句でも詠《よ》んでみるか」

（ろくな俳句ができそうもない……）

右衛門は心の中でつぶやいた。

十一代将軍の名誉挽回劇は、まだ続く。

# あとがき

今までと違う作品が書きたい。

この本の執筆のきっかけは、デビュー十年目にして抱いた、作家としての新たな挑戦欲でした。

時代小説を読んだことのない方も気軽に楽しめる、新しいジャンルに挑戦したい。どうせなら登場人物同士の会話をメインにし、主人公が思いっきり笑われるユーモア物を書いてみたい。

多くの時代小説では、読者に笑われる主人公は出てきません。実在の人物の場合は尚のことです。そういう人物はいないものかと三日三晩、ほとんど眠らずに考えた末、徳川家斉に至りました。

オットセイだの色だのと呼ばれた徳川十一代将軍は、私がこれまでに書いてきた作品の主人公とは、まったく異なるキャラクターです。色事の面ばかりで語られがちな家斉ですが、そんな人物だからこそ、さまざまな状況に放り込んでみても許されるのではないかと思いました。勝手な言い分かもしれません。

でも笑われるだけではなく、人情あり涙ありの話に仕上げた次第です。

この作品は私の友人の会社で、経営プロモートをメインとする、アソシエーション・フジコ（株）の協力の下に生まれました。仕事に関しては厳しい社長ですが、ユーモアに富んだ人であります。

世間では堅物のイメージで通っている私が、笑いのセンスを磨いて作品に反映させるために特訓を申し出たところ、とにかくコントや漫才、終いには泥鰌すくいまでやらされました。

代表取締役社長の野澤藤子さん、社員一同の皆様に心より感謝いたします。

二〇一二年六月十一日

牧　秀彦

この作品は徳間文庫のために書下されました。

徳間文庫

# 上《うえ》様《さま》出《しゅつ》陣《じん》！

## 徳川家斉挽回伝



2012年8月15日 初刷

著者 牧《まき》秀《ひで》彦《ひこ》
協力 アソシエーション・フジコ(株)

発行者 岩渕徹

発行所 東京都港区芝大門二—二—二 〒105—8055
株式会社 徳間書店

電話 編集〇三(五四〇三)四三五〇
販売〇四八(四五一)五九六〇

振替 〇〇一四〇—〇—四四三九二

印刷 図書印刷株式会社

製本 株式会社宮本製本所

ISBN978-4-19-893592-4 （乱丁、落丁本はお取りかえいたします）